普通高等教育"十二五"规划教材

（动漫游戏类）

游戏策划教程

房晓溪 薛铭 梁慧林◎编著

中国水利水电出版社
www.waterpub.com.cn

内 容 提 要

本书从易教和易学出发，用丰富的范例对游戏策划的基础知识和相关技术进行了详细、系统地讲解。全书有11章，内容包括游戏概述、游戏的主要工作环节及流程、游戏本质分析、玩家需求分析、文档编写要求、构思与创意、设计游戏故事情节、设计游戏元素、游戏机制、平衡设定和人工智能。

本书内容丰富、图文并茂、通俗易懂，大大降低了学习难度，激发了学生的学习兴趣和发散性思维。全书自始至终以掌握游戏策划为编写重点，任务明确，步骤清晰。

本书可以作为游戏专业本科生、专科生或高职生相应课程的教材，也可作为游戏开发者的参考书。

图书在版编目（ＣＩＰ）数据

游戏策划教程 / 房晓溪，薛铭，梁慧林编著. -- 北京 : 中国水利水电出版社，2011.6
普通高等教育"十二五"规划教材. 动漫游戏类
ISBN 978-7-5084-8624-6

Ⅰ. ①游… Ⅱ. ①房… ②薛… ③梁… Ⅲ. ①游戏－软件设计－高等学校－教材 Ⅳ. ①TP311.5

中国版本图书馆CIP数据核字(2011)第094886号

书　　名	普通高等教育"十二五"规划教材（动漫游戏类） 游戏策划教程
作　　者	房晓溪　薛　铭　梁慧林　编著
出版发行	中国水利水电出版社 （北京市海淀区玉渊潭南路1号D座　100038） 网址：www.waterpub.com.cn E-mail：sales@waterpub.com.cn 电话：(010) 68367658（营销中心）
经　　售	北京科水图书销售中心（零售） 电话：(010) 88383994、63202643 全国各地新华书店和相关出版物销售网点
排　　版	北京英宇世纪信息技术有限责任公司
印　　刷	北京市兴怀印刷厂
规　　格	210mm×285mm　16开本　9印张　272千字
版　　次	2011年6月第1版　2011年6月第1次印刷
印　　数	0001—3000册
定　　价	36.00元

丛 书 序

　　本系列教材是一套应用于游戏教学的专业教材，作者在游戏行业拥有多年的教学经验。本系列教材全面系统地对游戏的策划、程序、美术、运营等各个方面进行了详细的阐述、讲解和实训，并增加了案例分析，以使广大读者更深刻地体会到整个体系。

　　本系列教材包括以下20本：

- 《游戏概论教程》
- 《游戏策划教程》
- 《游戏架构教程》
- 《游戏运营教程》
- 《游戏美术基础教程》
- 《游戏像素图与界面制作教程》
- 《游戏色彩教程》
- 《游戏渲染教程》
- 《游戏角色建模教程》
- 《三维游戏设计与制作教程》
- 《Java手机基础教程》
- 《J2ME手机游戏项目实战教程》
- 《J2ME手机游戏开发教程》
- 《Symbian手机开发教程》
- 《网络游戏C++程序设计教程》
- 《网络游戏DX程序设计教程》
- 《网络游戏HLSL程序设计教程》
- 《网络游戏Windows程序设计教程》
- 《网络游戏引擎程序设计教程》
- 《游戏电子竞技教程》

　　本系列教材内容丰富，结构完整，通俗易懂，步骤明确，讲解详尽，是一套系统学习游戏的好书。本系列教材的编写目标是：努力追求"一读就懂，学了能用，一用就灵"的学习效果，可以作为全国各高等院校游戏专业课程的教材，也可作为广大游戏从业人员和管理者的学习用书。

　　希望本系列教材能为广大读者带来方便，欢迎广大读者提出宝贵的意见，以便我们在以后的版本中不断改进。联系E-mail：fangxiaoxi2002cn@yahoo.com.cn。

作　者

2011年1月

前　言

随着信息化的发展，电子游戏发展成为一个新兴的行业。电子游戏是科技发展到相当高度后诞生的一种新的娱乐形式，其核心在于通过一定的软、硬件技术手段实现人与计算机程序之间的互动，在这个虚拟的过程中玩家可以得到精神上的快感。

本书作者长期在一线从事手机游戏和网络游戏的开发、教学，积累了丰富的实践经验，已成功开发了多款网络游戏、动漫游戏，同时一直从事大学本科的教学工作，并担任知音动漫影视学院的游戏教材开发工作。作者将教学和开发过程中的一些经验和体会进行整理和总结，最终完成本书。

本书共有11章，内容如下：

第1、2、3、4章主要介绍了游戏的产生与发展、游戏的主要工作环节及流程、游戏的本质、玩家需求分析。游戏面向的对象是广大玩家，因此第4章对玩家的需求、行为和期望进行了分析，总结出玩家的需求对游戏的影响。

第5、6、7、8章分别从文档编写要求、游戏构思与创意、故事情节设计、设计游戏元素等方面具体介绍游戏策划的工作，使初学者对游戏策划的内容有宏观把握。

第9、10、11章主要介绍游戏机制、平衡设定和人工智能等系统，从技术和游戏设计的角度概述相关知识及其应用。

书中各章都附有习题，这些习题不仅为了学生复习、思考，更主要的是作为课堂教学的一种延续。游戏策划是一个游戏从最初构想到最终实现的一个完整的、系统的流程体系。流程是固定的，但创意思路是发散的。

本书由房晓溪、薛铭、梁慧林编著，同时，参与本书部分编写的还有卢娜、侯宇坤、白玉先、高倩、赵帅、李锦平、王俊、王瑶、张烨等，在此一并表示感谢。

由于时间仓促，水平有限，在本书编写过程中，难免有不足和错误的地方，恳请读者提出批评和指正。

编　者

2011年1月

目　　录

第 1 章
游戏概述

主要内容：
 ※ 电子游戏的产生和发展
 ※ 电子游戏的现状和未来

本章重点：
 ※ 电子游戏的产生
 ※ 电子游戏的发展
 ※ 电子游戏的未来

学习目标：
 ※ 认识电子游戏的产生
 ※ 了解电子游戏的发展情况和未来
 ※ 了解相关游戏名词的含义

1.1　电子游戏概述

电子游戏行业是个年轻的行业，从世界上第一个电子游戏的开发成功到现在，不过几十年的时间。在这段并不长的时间里，电子游戏无论表现方式还是表现内容，都取得了飞速地发展。各类游戏产品已经深入人们的生活，影响了人们的娱乐方式，对人的社会生活产生了巨大影响。

在放松、休闲之余，不少玩家希望更深层次地了解游戏的周边知识，例如游戏的发展历史，游戏是如何设计出来的等。事实上，玩家希望能沉浸在游戏本身及其环境中，得到更深层次的体验，就是游戏文化，一种现代的亚文化现象。玩家本身，也形成了一个内部的小社会，有着独特的荣誉和骄傲，有着独特的价值评判标准。同时，还有许多玩家出于对游戏的喜爱，投身到游戏行业中，设计和制作游戏。

从另外一个角度来看，近年来游戏行业产生的利润极其可观，对国民经济的影响越来越显著。据相关报道，著名的游戏公司"任天堂"在其高峰期的年收入，相当于整个好莱坞的年收入。许多国家都出台相应法规用以扶持和管理游戏行业。目前，我国政府部门对游戏行业也相当关注，给予相当高的政策支持，并直接投资进行游戏引擎的开发和研制。由此可见电子游戏行业的巨大潜力。

1.2　电子游戏的产生与发展

电子游戏的产生与发展有其必然性。每个人都不同程度地参与过电子游戏。最初，电子游戏的内容基本上是对现实生活的模拟，对生产技能的训练。随着科学技术的发展，多媒体技术逐渐成熟，如今的电子游戏已经超越了游玩的层面，上升到多媒体数码娱乐产业的高度。电子游戏作为一种现代新兴娱乐方式，已经客观地存在于社会当中，而且渗透到每一台联网的计算机中。

1.2.1　电子游戏的产生

所谓电子游戏，就是以电子设备为操作平台的一种游戏形式。也就是说，电子游戏的产生与电子设备的发明是分不开的，没有电子设备的介入，也就谈不上"电子游戏"。电子游戏是人类的娱乐天性和电子计算机技术发展的综合产物。

世界上第一台电子计算机是 1946 年在美国宾夕法尼亚大学诞生的名为 ENIAC（Electronic Numerical Integrator and Computer）的计算机（见图 1-1），是美国物理学家约翰·莫奇利和工程师小埃克特发明的。当初发明这台计算机是用于炮弹的轨迹计算，主要用于军事。

这台机器被安装在一排 2.75 米高的金属柜里，占地面积约 170 平方米，总重量达到 30 吨。ENIAC 的运算速度达到每秒钟 5000 次加法，可以在 3‰秒内做完两个 10 位数乘法。一道炮弹的轨迹，20 秒钟就能计算出来，比炮弹本身的飞行速度还要快。ENIAC 的诞生标志着电子计算机的问世，人类社会从此大步迈进了计算机时代。

随着计算机技术的发展和制造成本的降低，计算机的普及程度不断提高，应用领域也不断扩展。1960 年电子计算机逐渐进入美国的大学校园，在当时的环境下培养出了一批计算机高手，学校的学术气氛使得学生有精力和创造力设计一些新的东西，这其中就包括游戏性软件。

到"飓风"计算机（TX-0 的前身），已有若干个带有娱乐性质的小软件在其基础上开发出来。如弹跳的小球、迷宫里的老鼠、哈克斯、三子棋等。当这些娱乐性软件汇聚在一起，进行对比和分析时就会发现它们清晰地指向了一个人们从未探索的领域——交互式娱乐。

当时的计算机精英为这些游戏归纳出了三条基本原则，这三条基本原则成为了整个游戏业的奠基石。

（1）尽可能充分地利用现有的硬件资源，并将其推至极限。

（2）在一个持续时段内尽可能提高程序的变化性。

（3）务必使观者积极、愉快地参与进来。

1961 年，诞生了一款真正符合这三条基本原则的游戏软件。当时，mit 的三位天才程序员格拉兹（S. Graetz）、拉塞尔（S.Russell）和 考托克（A.Kotok），在美国 DEC 公司生产的 PDP-1 型电子计算机上编制了一个小软件：《宇宙战争》（Space War）（见图 1-2），被认为是世界上第一款电子游戏。这个游戏当时广为流传，被安装在很多大学的大型计算机中，甚至成为 DEC 公司的诊断工具，用来检测新安装的系统运行是否正常。

图1-1　第一台电子计算机——ENIAC

图1-2　历史上第一个电子游戏——《宇宙战争》

《宇宙战争》的开发成功，标志着电子游戏行业在技术和理论上有了相当大的成果，为电子游戏的产生奠定了基础。

在这款游戏开发成功 8 年之后，也就是 1969 年，瑞克·布罗米在 PLATO（Programmed Logic for Automatic Teaching Operations）系统上，以此游戏为蓝本，开发了一款同名电子游戏，不同之处在于，它可以支持两个人的远程连线。这款电子游戏可以视为第一款真正意义上的网络游戏。

由此可见，《宇宙战争》这款游戏在电子游戏史上的重要地位。

1.2.2　电子游戏的发展

《宇宙战争》取得了巨大的成功，但它的开发者从未想过给这段程序注册版权，因为在当时，没人会掏 12 万美金买一台冰箱大小的机器专门用于玩游戏。这也从侧面看出，电子计算机的造价是影响电子游戏发展的重要因素。

普及电子游戏有两个基本的途径：一是把现有电子计算机的造价降低；二是发明一种机器代替现有的游戏平台。个人计算机的出现，就是第一条发展路线的标志性事件，家庭游戏机的产生则是第二条发展主线的标志性事件。

随着硬件的改善和发展，其表现方法和形式也取得了突破。当游戏的表现形式不再成为游戏设计的障碍时，游戏表现的内容也随之丰富，带动了游戏设计的不断创新和改进。

1. 专用游戏设备

1971 年，被誉为"电子游戏之父"的诺兰·布什内尔采用廉价的电子器件，发明了第一台名为"乒乓"（Pong）的商业化电子游戏机。这台机器也是世界上第一台街机（见图 1-3）。20 世纪的电子游戏时代由"乒乓"拉开了序幕（见图 1-4）。

1972 年 6 月 27 日，布什内尔和另一位同事 T. Dabney 各出 250 美元创业资金，把自己公司的牌子高高悬挂出去，并聘请阿尔科姆作为新公司的第一位全职工程师。世界上第一家电子游戏公司——雅达利公司（Atari）就这样成立了。

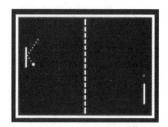

图1-3 Pong的家用游戏主机与街机   图1-4 诺兰·布什内尔与他的"乒乓"游戏机

同年，Magnavox 公司依靠"奥德赛"（Odyssey）电视游戏机（见图 1-5），率先抢占了家庭游戏机市场。1974 年，雅达利公司推出 Pong 的家庭游戏机版本，这种机器已经是一种单用途的计算机，采用刚面世不久的微处理器控制软件运行，体积比"奥德赛"小，功能却强大很多。1975 年，雅达利公司售出 15 万台家庭游戏机，销售额猛增至 1500 万美元。正是这种家庭游戏机，使雅达利公司一举成为当时世界上最大的电子游戏机厂商，带动了全球家庭计算机娱乐业的蓬勃兴起。

到 20 世纪 80 年代，专业制造电子游戏的公司越来越多，任天堂公司的家庭游戏机 FC 开创了家用电子游戏机的新高潮。在任天堂公司推出 FC 游戏机之后，世嘉、索尼等厂家纷纷推出自己的游戏机。游戏机的处理能力也从 8 位上升到 128 位，同时，从单一的游戏平台向通用的游戏平台发展。

（1）个人计算机（PC）。1974 年，埃德·罗伯茨发明了世界上第一台 PC 机，虽然销售业绩并不理想，但表明计算机已经进入了家庭。1978 年，发明了 Apple 计算机，斯考特·亚当斯在此基础上制作了第一款 PC 机电子游戏 TRS-80（见图 1-6）上的《冒险岛》；4 年之后，IBM PC 计算机研制成功，1982 年，第一款 IBM PC 游戏《B-1 核轰炸机》开发完成。

图1-5 "奥德赛"原型机   图1-6 TRS-80机型

这些游戏的诞生，标志着运行在个人计算机上的游戏也真正开始了商业化的道路。由于个人计算机的通用性特点，使得它不可能像专门电子游戏机那样地设计和开发具有特色的电子游戏，在个人计算机上的游戏的图形和声音效果都非常简陋，但是游戏的发展趋势已经为一个行业打下了基础。

20 世纪 80 年代是电子游戏的孕育期，很多游戏界名人的游戏制作生涯都是从这时开始的。比如 Sid meler（文明的主创）从 General Instrument 公司辞去了系统分析员的职务，同 Bill Stealey 一起创立了 Microprose。John Carmack 当时正在自学计算机应用。Roberta Williams 正在准备和丈夫筹建在线系统公司，在线系统公司就是现在著名的 Sierra Online 公司的前身。Brett W.Sperry 是著名游戏制作小组 Westwood 的创始人。当年 Brett W.Sperry 是一个默默无闻的自由程序员，Westwood 小组的另一位创始人 Louis Castle 则是一个学生（见图 1-7）。两个人在内华达州拉斯维加斯的一个名为 23'th century computer 的计算机商店工作。在工作中两个人逐渐产生了制作游戏的念头，于是 Brett W.Sperry 的父亲为他们改造了自家的车库，Westwood 小组就在这个车库内成立了。

进入 20 世纪 90 年代，随着个人计算机软硬件技术的发展，多媒体技术开始成熟，电子游戏成为了这些技术进步的先行者。在这 10 年，尤其是最后 5 年，电子游戏业的进步使得电子游戏真正走向成熟。1990 年，Maxis 公司在 Windows 平台上推出了第一款游戏《模拟地球》。

图1-7　Westwood小组的创始人Brett和Louis

随着游戏行业的不断发展，目前流行的电子游戏运行平台大体上分为三大类，专用电子游戏设备、通用计算机以及包括手机在内的移动设备等。

（2）其他游戏平台。

1）任天堂FC游戏机（见图1-8）。

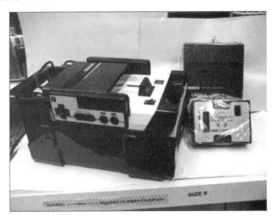

图1-8　任天堂FC游戏机

产品名称：任天堂FC游戏机

出品时间：1983年7月15日

处理能力：8位

介绍：全球总销售量6000万台的超级巨星，奠定任天堂在家用电子玩硬件领域的王者地位。FC是许多玩家的童年玩伴，它是电子游戏机真正走向家庭的开始。虽然目前有越来越多的游戏机，但它的地位是无法代替的。FC最初推出的时候，其外观是红白相间的，又被称为红白机。

2）世嘉MD游戏机（见图1-9）。

图1-9　世嘉MD游戏机

产品名称：世嘉（Sega）MD（Mega Drive）

出品时间：1988年10月29日

处理能力：16位

介绍：世嘉公司推出的游戏机，用来和任天堂进行竞争。它第一次在游戏机中加入了CD-ROM。处理器 Motorola 68000 7.67 MHz APU Z80A 3.58MHz；内存 M-RAM 72K BYTEV-RAM 64K BYTE，最大色数 512，最大解析度 320×448；体积 280mm×212mm×70mm；附件操纵器，专用 AC 变压器，DIN 插座；可选附件数据机，CD-ROM。

3）超级任天堂 SFC 游戏机（见图1-10）。

图1-10　超级任天堂SFC游戏机

产品名称：超级任天堂 SFC 游戏机

出品时间：1991 年

处理能力：16 位

介绍：是 FC 的替代产品，也是一款非常受欢迎的产品。

4）世嘉 SS 游戏机（见图1-11）。

图1-11　世嘉SS游戏机

产品名称：世嘉（Sega）SS 游戏机（Sega Saturn）

出品时间：1994 年 11 月 22 日

处理能力：32 位

介绍：MD 的更新产品，是 SEGA 真正和其他厂家抗衡的拳头产品。

5）索尼 PS 游戏机（见图1-12）。

图1-12　索尼PS游戏机

产品名称：索尼（Sony）PS（PlayStation）游戏机

出品时间：1994 年

处理能力：32 位

介绍：它的特色是强大的 3D 处理能力，在玩家心中留下了非常深刻的印象，市场也非常成功。

6）任天堂 N64 游戏机（见图 1-13）。

图1-13　任天堂N64游戏机

产品名称：任天堂 N64 游戏机

出品时间：1996 年

处理能力：64 位

介绍：1996 年，任天堂推出 64 位的家庭电视游戏主机任天堂 N64。它是最后一款使用游戏卡的游戏主机。N64 在欧美获得了很大的成功，但在日本，它并不如早一步上市的索尼 PS 那么受追捧。

7）世嘉 DC 游戏机（见图 1-14）。

图1-14　世嘉DC游戏机

产品名称：世嘉（Sega）DC 游戏机（Dreamcast）

出品时间：1998 年

处理能力：128 位

介绍：世嘉公司的力作，也是一个娱乐平台。

8）索尼 PS2 游戏机（见图 1-15）。

图1-15　索尼PS2游戏机

产品名称：索尼（Sony）PS2 游戏机（PlayStation2）

出品时间：2000 年 3 月 4 日

处理能力：128 位

介绍：索尼发行家庭电视游戏系统 PlayStation 2。系统支持 PS 游戏。PS2 是索尼非常成功的 PlayStation 主机的后续产品。这是一个综合性的娱乐产品，不仅仅是游戏机。

9）任天堂 NGC 游戏机（见图 1-16）。

图1-16　任天堂NGC游戏机

产品名称：任天堂 NGC 游戏机（GameCube）

出品时间：2001 年

处理能力：128 位

介绍：高度注重游戏竞技的任天堂公司再次以它的最新游戏机加入 NGC 战局。放弃高成本游戏卡，首次采用松下电器特制的 8cm DVD。与 PS2 和 XBox 不同，它是一个纯粹的游戏平台。

10）微软 XBox 游戏机（见图 1-17）。

图1-17　微软XBox游戏机

产品名称：微软（Microsoft）XBox 游戏机

出品时间：2001 年

处理能力：128 位

介绍：2001 年，微软公司推出它的第一个家庭电视游戏主机 XBox。以 PC 架构为概念，微软首次跨足电玩硬件产业，重写家用主机历史。中央处理器王者 Intel，显示卡霸主 NVIDIA 与操作系统巨人 Microsoft 联手打造出的超级巨星 XBox，拥有史无前例的惊人效能。

2．著名的电子游戏

游戏设计理念的不断丰富，构成电子游戏发展的另外一条主线，这条主线由具有里程碑意义的代表性游戏组成，这些游戏代表着游戏设计理念的突破和发展。

（1）《文明》（见图 1-18）。1991 年，MicroProse 推出的《文明》（Civilization）是所有回合制策略游戏的基准。甚至即时战略类型中也有很多游戏借鉴这个被认为是有史以来最优秀的策略游戏。

图1-18 《文明》游戏截图

策略游戏的 4X 模式——探索、消灭、开发、扩张，使《文明》成为 20 世纪 90 年代初期最成功的类型，在此期间，许多策略游戏的设计灵感来源于《文明》。当然，在《文明》之前的其他游戏也有很高的策略性，如桌上游戏的爱好者会注意到《文明》的基础是 Avalon Hill 卡片游戏，但是《文明》无疑是最成功和最著名的回合制策略游戏。

游戏想表达的概念第一次就被完美地表现出来，以至其他开发商避免了试图超越它的尝试，但这并不意味着这个游戏是没有影响力的。实际上，尽管很少有开发商尝试着从整体上向《文明》挑战，但对策略游戏设计师们来说，许多《文明》的元素是他们灵感的源头。

《文明》采用了让玩家控制人类的大胆设想，游戏成功地将这种设想转化为一件令人畏缩和有趣的任务。游戏具有非常多的选项：玩家可以得到令人难以置信的效果；可以研究科技；可以探索一个随机产生的地图；可以建造许多奇迹建筑；还可以面对许多敌对国家等。这种游戏性元素的混合产生了无数的可能性。在此之前没有任何一个游戏能够像《文明》一样巧妙地混合如此复杂而又具有挑战的游戏元素，并且制作成一个容易上手和有趣的游戏。

《文明》才华横溢的制作技巧使得它成为回合制策略游戏的典范。MicroProse 随后推出了类似的作品，例如《银河霸主》（Master of Orion）、《魔法之王》（Master of Magic）和《殖民帝国》（Colonization）等。其他游戏开发商也为达到《文明》的标准进行了不懈的努力，如 GT Interactive 公司的《银河帝国 II》（Imperium Galactica II）、The Logic Company 的《权势》（Ascendancy）到 SSI 的《帝国主义》（Imperialism），等。目前，优秀的回合制策略游戏已经很少见了，但在 20 世纪 90 年代早期到中期，它们是最流行的类型。

（2）《沙丘魔堡 II》（见图 1-19）。Westwood 游戏制作小组于 1993 年推出《沙丘魔堡 II》（Dune II），它是第一部计算机即时战略游戏，它为以后一系列优秀的即时战略游戏做了奠基，并且使此类游戏成为人们最为热衷的电子游戏类型。Blizzard 的设计师们诚恳地说是《沙丘魔堡 II》赋予了他们创作《魔兽争霸 II》（见图 1-20）的灵感，如果没有这种推动，我们绝对不会玩到 Command & Conquer 或 Warcraft 系列。

图1-19 《沙丘魔堡 II》游戏截图

图1-20　《魔兽争霸Ⅱ》游戏截图

即时战略游戏成为了非常流行的游戏类型。和其他类型的游戏相比，RTS是一个相对年轻的游戏类型，它一直保持了稳定不变的规则，直到现在才开始有所变化。实际上，过去几年发行的即时战略游戏都是从《沙丘魔堡Ⅱ》中获得灵感的，这种类型的游戏在多人游戏、故事情节和其他领域取得了令人难以置信的进展，例如《星际争霸》。

毋庸置疑，所有即时战略游戏的设计师都玩过《沙丘魔堡Ⅱ》，并且试图仿效以使自己的游戏制做得更好。它的成功得到了延续，甚至它的缺点也刺激了设计师们的创造力，有些设计师尝试着削弱基地建设，将焦点置于战术战斗上；另一些设计师则利用故事情节和角色扮演元素创造新的游戏风格。

如果没有《命令与征服》（见图1-21）和《魔兽争霸Ⅱ》，即时战略类型绝对不会达到如此流行的程度和成为正统的游戏类型。更重要的是，如果没有《沙丘魔堡Ⅱ》，《命令与征服》、《魔兽争霸Ⅱ》这两个游戏都不会存在。

（3）《神秘岛》（见图1-22）。《神秘岛》（Myst）是有史以来最具影响力的游戏之一。《神秘岛》为当年不景气的电子游戏市场带来了活力，在电子游戏历史上它同Doom等经典作品一道，为这种娱乐引来的公众关注远远超过其他任何一个游戏。《神秘岛》是一部里程碑式的作品，是成功的典范。从这个游戏1993年发行以来已经售出了630万份的拷贝（根据PC Data的统计，仅在美国就售出了430万份）。《神秘岛》是1993年的一个特殊的文化现象，它取得了许多游戏开发者一直试图达到的成功。

图1-21　《命令与征服》游戏截图

图1-22　《神秘岛》游戏画面（1）

当《神秘岛》（见图1-23）出现在玩家面前的时候，它的画面效果给人们留下了深刻的印象。流动的水透明似水晶；树木像活的一样；室内设定具有丰富的装饰；所有物体看上去都相当真实，这都归功于精美的材质、细微的阴影以及光线的反射和散射。媒体和玩家都称赞《神秘岛》的视觉效果"山崩地裂"和"令人晕倒"等。的确，《神秘岛》的图形非常美丽，并且成功地实现了使玩家完全沉浸在游戏世界中的设计意图。这个游戏在真实性方面的成就极为显著，它使玩家确信自己正处于真实的世界中，在4个年代（每个年代都有截然不同的主题风格）中的旅行组成了一个真正的冒险。尽管玩家不能在360°范围内自由地旋转视角或者进行实时移动（《神秘岛》建立在Apple公司简单的图像翻转HyperCard程序之上），但是玩家仍然沉浸其中。《神秘岛》同其他冒险游戏的简单图形形成了强烈的对比，它同时证明了多媒体图形冒险类型游戏存在巨大的市场潜力。

图1-23　《神秘岛》游戏画面（2）

　　《神秘岛》的游戏性对于传统的冒险游戏来说是一次新的启程。冒险游戏的特色是玩家同角色和游戏环境互动，《神秘岛》将焦点放在了环境上。玩家没有自己的物品；没有人物角色；没有对话；甚至连一个名字都没有。在这个世界玩家完全是孤独的；没有其他角色的帮助和指引；情节中的主要角色只会在QuickTime 格式的简短视频中出现。玩家可以四处漫步；可以跃上一个放在地面或者地板上的物体；可以接近一个物体并通过触发开关或者旋转转盘解开谜题。实际上，故事情节中许多非线性的游戏和进程非常神秘，这些都有待玩家去发现。如果没有用心去经历和体验，就绝对不能算是真正玩过了《神秘岛》（见图 1-24）。

图1-24　《神秘岛》游戏画面（3）

　　《神秘岛》属于第一批大型光盘游戏，这类丰富多彩的多媒体游戏在 20 世纪 90 年代早期极其流行。Trilobyte 公司的《第七访客》（The Seventh Guest）是第一个真正的多媒体游戏，从技术上看，《神秘岛》并没有真正达到这个游戏的标准。但是《神秘岛》在推动现有技术达到极限方面做得很出色。当时的光盘驱动器速度很慢，因此《神秘岛》中的图像过渡也很慢，甚至有些时候会让玩家感到厌烦。但是一旦欣赏到了如此令人眩晕的视觉图形后，玩家就绝对不会转头离开。许多玩家甚至为计算机升级了更好、更快的光驱来玩这个光盘游戏。《神秘岛》是每一个人都想玩的光盘游戏。这标志着冒险游戏在业界中成为最受欢迎的类型。在后来的许多游中，例如 Zork Nemesis、Obsidian、Amber、Nemesis: The Wizardry Adventure、Riven（星空断层）等中都可以发现《神秘岛》的影子。

（4）《模拟城市》（见图 1-25）。1989 年，Will Wright 创作了《模拟城市》（SimCity）。一个允许玩家创造城镇并将它治理成一个繁荣都会的全新游戏类型。它没有设定游戏目标，没有胜利条件，也没有对手。玩家的分数依赖于一系列的城市属性，其中包括人口和玩家所扮的市长的公众承认率。根据 Will Wright 的说法："Sim 系列游戏不只是一个业余爱好，而是一个训练场或者游乐室。基本上，它们带来了醇香的、创造性的游乐体验。"

图1-25　《模拟城市》（SimCity）游戏截图

《模拟城市》（见图 1-26）打破了许多关于电子游戏能够做什么和应该做什么的偏见。它是第一个成功抓住系统模拟乐趣的游戏；它证明了强调建设而不是破坏的游戏存在很大的市场。《时代》周刊针对《模拟城市》发表了一篇文章，将它带进了主流媒体，这个游戏的销售情况远远超出了人们的预计。一些学校甚至使用这个游戏作为教学工具。

《模拟城市》衍生出了被认为是最成功的系列作品。今天，游戏中几乎已经"模拟"了任何想到的东西，从一个热带岛屿到一个超高层建筑等。这个系列的游戏现在包括《模拟城市》（SimCity）、《模拟地球》（SimEarth）、《模拟蚂蚁》（SimAnt）、《模拟农场》（SimFarm）、《模拟医院》（SimHealth）、《模拟岛屿》（SimIsle）、《模拟高尔夫》（SimGolf）、《模拟大厦》（SimTower）、《模拟主题公园》（SimThemePark）和《模拟人生》（The Sims）等。

图1-26　《模拟城市4》（SimCity4）游戏截图

后来，Maxis 公司出品的许多游戏玩家也发现了《模拟城市》的影子。Sid Meier 对这个游戏评论道："《模拟城市》对大多数游戏设计师们都是一次革命……在很多方面《模拟城市》都是我的游戏《铁路大亨》（Railroad Tycoon）（见图 1-27）和后来《文明》（Civilization）系列的灵感来源。"《文明》和随后出现的"文明"系列作品，是历史上销售情况最好的游戏，一共售出了数百万份拷贝。

图1-27   《铁路大亨2》游戏截图

强调建造和城市建设的游戏理念很快传播到了策略类型游戏领域，并且产生了许多由此获得灵感的游戏，例如《凯撒大帝》（Caesar）系列（见图1-28），《工人物语》（The Settlers）系列，还有《帝国时代》（Age of Empires）系列。那些最初没有聚焦于城市建设上的策略游戏，例如《星际控制3》（Star Control 3）和《银河帝国2》（Imperium Galactica 2）等，也加入了类似《模拟城市》的建造特点。

图1-28   《凯撒大帝Ⅲ》游戏截图

Will Wright 作品的影响力还扩展到了电子游戏之外。《模拟城市》改造了整个游戏产业并且证明了城市建设游戏的主流吸引力。此外，这个游戏还衍生出了许多流行的子类系统模拟游戏。它是无数衍生作品、续作和其他游戏的灵感。

（5）《毁灭战士》（Doom）（见图 1-29）。比尔·盖茨创造了 Windows，约翰·卡麦克创造了《毁灭战士》。在 PC 游戏界，人们总将约翰·卡麦克比作比尔·盖茨，将《毁灭战士》比作 Windows。这样的比喻丝毫没有夸张之处，《毁灭战士》共享版的发行量突破了两千万套（最终突破三千万套），同期 Windows 的装机量也不过 2700 万套。《毁灭战士》的热潮疯狂席卷了全世界的每一个角落，成为 PC 游戏史上最为光辉的传奇之作。

图1-29   《毁灭战士》游戏截图

在《毁灭战士》（见图1-30）的制作中约翰·卡麦克创造了两项极为重要的全新特效。1992年在开发《德军总部3D》的同时，约翰·卡麦克也在为RAVEN公司制作游戏。在一款名为《Shadowcaster》的游戏中，他不仅给墙体制作了纹理贴图，也给天花板和地板加入了同样的效果；另外就是光线渐隐效果。在《德军总部3D》中没有加入光线变量，不管是远景还是近景，光线强度完全相同。加入了光线变量后，远景光线较弱，近景较强，这样也使得游戏中3D场景的光线效果更加符合现实情况。

同样促成《毁灭战士》成功的还有当时刚刚出现的VGA（Video Graphics Adapter 视频图形适配器）显卡。这种显卡可以同时显示256种颜色。尽管如此，要实现卡麦克理想中的光线渐进效果还是十分吃力的。为了制作这款完全不一样的游戏，卡麦克希望游戏中有更为复杂的多边形效果。为此他采用了"二叉空间分割"技术，这是由贝尔实验室的Henry Fuchs、Zvi Kedem和Bruce Naylor等人在1980年提出的，在当时，他们用这种技术显示3D物体。

将3D模型显示在屏幕上，最基本的问题就是哪一面为可视部分。传统的方式是，当物体改变位置时，计算机就得重新演算一次。BSP技术将模型视为一个静态整体，不管视点如何改变，各个多边形表面间的联系是不变的。

图1-30　《毁灭战士3》游戏截图

BSP技术将这种表面间的联系事先存储起来，计算机只要查找这些面之间的关系就可以了。BSP技术将空间分为两个区片断，如果一个片断内有两个面，则将会被再次分割，直到每一个片断仅包含一个面为止，这样整个空间实际上就被分割为由一些单一面组成的片断。每个片断的数据作为整个树状结构中的一个叶节点，计算机通过追踪节点的位置获得各个面之间的关系，通过这种方式有选择性地绘制需要的多边形，提高了绘制的速度。

在毁灭战士之后，ID soft又推出了《雷神之锤》（QUAKE），在《雷神之锤》引擎的基础上又诞生了一大批的绝世经典。如《半条命》以及在此基础上诞生的《反恐精英》、ID早期游戏《德军总部3D》续作《重返德军总部》（见图1-31）等，ID屹立业界之巅的技术直接铸就了整个FPS帝国。

图1-31　《重返德军总部》游戏截图

1.3　电子游戏的现状

电子游戏业目前非常发达，在国外，其经济地位已经和电影业并立，人们称其"第九艺术"。游戏行业显示出了蓬勃的朝气。技术的快速更新也阻碍了游戏的成熟。从最早街机上的黑白矢量图像技术，到8

游戏策划教程

位机的字符形活动块，到 PC 早期的 CGA/EGA 色彩表，到 32 位机的三维实时图像，每隔几年就大变一次。而前一阶段积累的技术基本被完全推翻，经验基本不适用于新的条件。这一切使得总结游戏制作理论很难。但人们现在基本同意游戏将向两个极端发展，也就是有两个潮流：一类是搞所谓的纯游戏，以《俄罗斯方块》（TETRIS）为代表，另一类是走复杂的拟真化道路。后者为现代的主流。

1.4　电子游戏的未来

早期的游戏由于受到软件和硬件的限制，其玩法和技巧相对简单，通常玩家不需要花费太多的心思与时间就能过关，游戏模式也相对简单。

随着计算机硬件的迅速发展，游戏系统可以支持的处理速度越来越快。游戏的色彩、真实感越来越强，华丽的画面、离奇曲折的游戏情节，已经成为现代电子游戏必不可少的组成部分，玩家也必须花费更多的心思和时间来玩游戏。

由于计算机行业的发展，使得行业的划分越来越细，专业的处理器生产厂家，专业的显示系统生产厂家等。这就使得一些传统的集成式生产游戏机的厂家，开始采用通用的硬件平台，游戏公司的硬件成分越来越少，基本上可以看做一个软件公司。

在技术开发方面有两个发展趋势，一个是专用的电子游戏机厂家越来越多地采用通用硬件平台，如微软的 XBox，除了其硬件采用 Intel 处理器等标准 PC 硬件之外，国外有人已经成功地在上面运行了通用操作系统 Linux。另一个趋势就是游戏公司基本上都在为通用的计算机平台开发游戏。

此外，20 世纪 90 年代另一个比较重要的影响因素是互联网。网络使人们的沟通更为便利，这为多人类型电子游戏的发展带来了强大的动力。进入 21 世纪，网络游戏成为电子游戏新的发展方向。

1.5　游戏名词解释

1．内测

内测通常是指游戏开发商在游戏开发完成后，由游戏开发商邀请玩家进行游戏测试的前期测试阶段。该阶段开放的游戏账号一般在 1000 ～ 10000 人这个范围。其目的是针对游戏中存在 BUG 进行查找和修改。一般情况下游戏内测结束后，内测期间发放给会员的账号就会删除，只有少数游戏运营商会保留其内测账号。

2．公测

一款游戏从开发到收费要经历内测→公测→收费这样一个过程，公测一般在游戏通过内测以后，和收费之前进行的最后测试阶段。此阶段游戏开发商一般会做大量的推广广告，同时也会针对玩家给出许多优惠政策，以此吸引众多的网络游戏爱好者进行试玩。此阶段 BUG 的发现相对内测阶段会少很多，还是会有 BUG 的存在。游戏开发商一般会保留在此阶段注册的玩家游戏账号，同时会给最初的这批游戏支持者许多丰厚的礼物。

3．GM

GM 全称 Game Master 即游戏管理员。GM 的主要职责包括以下几点。

（1）在线解答玩家问题。但是 GM 不会回答玩家关于游戏内容的问题（如游戏任务、地图位置、NPC 等）。

（2）监督线上游戏秩序，记录违规行为，对线上玩家的行为进行正确宣导。如果玩家在游戏中的行为违反了相关规定，GM 在查实后将对违规账号进行相应的处理。

（3）协助其他部门做好线上活动的执行、监督和维护工作。

（4）记录玩家线上的查询以及投诉，汇总后进行核实处理。

（5）记录线上特殊问题以及游戏中出现的 BUG 和缺点，汇总后提交相关部门进行处理。

（6）监测服务器状况，及时将服务器异常状况汇报相关部门进行处理并填写记录。

4．BUG

BUG 是指臭虫、小虫。在网络游戏中，玩家和编程人员所说的 BUG 是指游戏中的漏洞，游戏中的问题，游戏中的缺陷等。每一款游戏都存在许多 BUG，没有任何一个开发者可以保证他所开发的游戏没有 BUG。所以目前游戏上市必须经过内测→公测→收费这样一个复杂的过程。

5．新服

新服就是指一款游戏开始运营之后，由于会员的增加，范围的扩大，当地玩家的数量，或者当地地域的限制，新增加的服务器机组，称为新区的新服。

6．私服

私服是指非官方的，私人架设的游戏服务器。私服的产生一般是由于游戏开发商或者游戏 GM 把游戏的源代码泄漏，使得非官方人员也拥有架设服务器的技术。

7．外挂

外挂是指玩家在游戏中额外开启的一种游戏附加程序，该程序可以改变游戏的实际效果甚至画面，更有甚者可以影响到游戏的平衡性，使玩家在游戏中失去公平性。官方对外挂程序是极度厌恶，并且坚决打击的。一旦发现，必封无疑。

8．装备

装备是指游戏玩家在虚拟世界中，所选择的人物或者其他角色的穿戴和配备的物品。一般有头盔、项链、手镯、衣服、鞋子、戒指等。这些物品都拥有提高属性的功能，甚至有些装备可以给玩家特殊的功能和权利。装备的好与坏，也是玩家在虚拟游戏中身份、地位的象征。目前，已经有许多玩家不惜重金购买游戏装备，目的就是在游戏中获得更多的特殊功能和特别的身份、地位。拥有一套绝世无双的好装备，是每一个网络游戏爱好者的梦想。

9．游戏引擎

游戏引擎是整个游戏研发的核心。它限定了游戏研发的方向。游戏引擎分为以下 4 类。

（1）完整参与型。directxdraw、directx3d、opengl、wing、gdi 等。它们是图像引擎，需要设计人员完整参与构图的每一步。

（2）完整参与改良型。cdx、3dstate、风魂、剑魂等。它们对基础图像引擎做了简单的封装，扩充了部分有用的功能，简化了部分操作。

（3）半参与型。已经对 dx、opengl 等进行了简单封装，并基于游戏需要制定了一系列构图过程和简化处理。这是早期国内大部分游戏采用的方式。主程序员就是图像引擎程序员。

（4）彻底分离型。彻底分离型是大部分商业引擎采用的方式。主程序员不需要知道图像引擎的工作方式，引擎已经为某种固定形式的游戏准备好了工作流程，所作的只是调用。

10．IDC

IDC 是 Internet Data Center 的简称，意为互联网数据中心。是 NSP 业务重要的网络服务平台。

目前对 IDC 还没有一个权威的定义，但它比传统的数据中心有着更深层次的内涵，它为 ICP、企业、媒体和各类网站提供大规模、高质量、安全可靠的专业化服务器托管、空间租用、网络批发带宽以及 ASP、EC 等业务。数据中心在大型主机时代就已经出现，当时是为了通过托管、外包或集中方式向企业提供大型主机的管理、维护，以达到专业化管理和降低运行成本的目的。

IDC 是对入驻（Hosting）企业、商户或网站服务器群托管的场所；是各种模式电子商务赖以安全运作的基础设施，也是对企业及其商业联盟、分销商、供应商、客户等实施价值链管理的平台。

IDC 有两个非常重要的特征即在网络中的位置和总的网络带宽容量，它构成了网络基础资源的一部分，它提供了高端的数据传输（Data Delivery）服务和高速接入服务。

IDC 起源于 ICP 对网络高速互联的需要。在美国，运营商为了维护自身利益，将网络互联带宽设得很低，用户不得不在每个服务商处都放一台服务器。为了解决这个问题，IDC 应运而生，保证客户托管的服务器从不同网络访问时，速度没有瓶颈。

11．NPC

NPC 是 Non-Player Character 的简称，意为非玩家控制。在游戏中 NPC 包含的种类很多。比如在网络游戏中玩家用来练级的怪物，帮助玩家提供剧情任务的角色等。概括来说，非玩家控制的角色都属于 NPC。

12．电子竞技

电子竞技是利用信息技术为核心的软硬件设备作为器械进行的、在体育规则下实现的人与人之间的对抗性运动。通过这项运动，可以锻炼和提高参与者的思维能力、反应能力、心眼四肢协调能力和意志力。

电子竞技不同于普通的电子游戏。电子游戏大都是以建造虚拟社会为目的的娱乐节目，电子竞技则是以信息产品为运动器械的人与人之间的竞赛，这种竞赛在体育规则的规范下进行。电子竞技项目有着可定量、可重复、可精确比较的体育特征。

13．数字体育

数字体育是一个全新的概念。所谓数字体育，是指利用信息技术管理、开发、体验、传播体育，它是信息技术与体育的广泛结合。数字体育是新时期体育事业重要的组成部分，发展数字体育及数字体育产业，是为了进一步推动体育事业的发展，满足社会和大众对体育日益增长的多样化需求。

数字体育是体育、科技与时代发展的产物。新时期，体育事业蓬勃发展，信息技术日新月异，两者的结合造就了充满魅力与遐想的数字体育，为体育事业打开了一片崭新的天地。

14．数字体育与电子竞技

数字体育是信息技术与体育全面结合的产物，涉及体育的方方面面。电子竞技是数字体育的一个方面，电子竞技是一个比赛项目，它只是数字体育中"体验体育"的一种。数字体育涉及传播体育、管理体育、开发体育等多种功效。

15．Bartle types 巴图类型

巴图类型是理查德·巴图博士（Richard Bartle）所设定的系统，他以"玩家世界"和"互动行为"为轴心，将网络游戏的玩家进行分类，这个分类就叫"巴图类型"，它们分别是成就型玩家（Achiever）、探索型玩家（Explorer）、杀手型玩家（Killer）和社交型玩家（Socializer）。

16．Beta 字节

Beta 是紧接着透明通道（Alpha）的阶段，网络游戏最初被 QA 部门测试。内部 Beta 测试期（内测期）只有得到邀请的人才可以进入游戏，公开 Beta 测试期（公测期）任何人都可以参加。Beta 只是名义上完成了游戏的特征，大部分网络游戏最初都做了夸大，发行时却没能做到设计阶段所规划的游戏特征。Beta 现在通常被认为是游戏在 QA 阶段要尽可能做出的市场宣传。

17．Beta tester Beta 测试员

Beta tester Beta 测试员是参与内部或公开 Beta 测试的玩家。

18．Class 种族

网络游戏中关于职业或造型的设定决定了玩家所扮演的角色具有的特征。种族通常影响角色所能使用的技能和道具。种族从 1970 年韩国 TSR 游戏公司的《龙与地下城》开始流行，之后这个概念被游戏设

计者引入网络游戏中。

19．Client 客户端

Client 客户端是在玩家机器上运行的软件程序。免费客户端是赠送给玩家的、不收费的客户端，通常可从网上下载，而零售客户端则必须在商店购买。

20．Client/Server 客户端/服务器

C/S 即客户端 / 服务器是目前网络游戏的标准模式，表示不同地区的许多客户端向同一台服务器连接的过程。

21．Community 社区

玩家在游戏的社区包括它的创建者和现在、过去、未来的加入者。有关网络游戏的一种常见说法就是"玩家为游戏而来，为社区而留"。

22．Experience Point 经验值

通过积累经验值可以升级，这是玩家能力的象征。从 1970 年韩国 TSR 游戏公司的《龙与地下城》开始流行，之后这个概念被游戏设计者引入网络游戏中。

23．Exploit 破解

利用游戏 bug 或漏洞在游戏中获取个人利益。利用游戏设计漏洞（更可能是代码问题）进行破解的玩家是否应当接受惩罚，现在还具有争议。

24．Gamemaster（GM）游戏管理员

拥有特殊的游戏管理权限的人，他们协助玩家解决游戏中的困难。通常由客服部门指派。

25．Grouping 组队

网络游戏中并非为社交目的，联合其他玩家的行为，例如为了练级或捡宝等。

26．Handle 昵称

Handle 是玩家在游戏中所使用的昵称。玩家会为自己的角色起一个与众不同的名字，他们通常习惯在几个游戏中使用同一个名字。

27．Hit Points 生命值

Hit Points 代表玩家角色、NPC、怪物在游戏对战中能够承受的最大伤害值。从 1970 年韩国 TSR 游戏公司的《龙与地下城》开始流行，之后这个概念被游戏设计者引入网络游戏中。

28．Level 级别

Level 级别是角色的能力等级。从 1970 年韩国 TSR 游戏公司的《龙与地下城》开始流行，之后这个概念被游戏设计者引入网络游戏中。

29．Leveling 练级

Leveling 练级是游戏中为了提升经验值、级别、技能而采取的行动。练级通常就是杀怪。

30．Live Team 维护小组

Live Team 维护小组是指在一款网络游戏运营后进行维护工作的人，包括开发者（程序员、美工、服务器端程序员、设计师等）、客服人员、技术支持人员、用户管理人员等。

31．Macro 宏

玩家自定义的宏指设定热键或其他界面按键的命令，激活热键或点击按键都将激活宏。这里常指玩家自定义的宏。

32．MMOG

MMOG 是大型网络游戏的缩写，最少有 128 名玩家同时在线、可长期维持稳定的网络游戏。

33．MMORPG/MMPRPG

MMORPG/MMPRPG 是大型多人在线角色扮演游戏的缩写。"角色扮演"是指如生命值或练级等游戏机制的运用，派生自早期的纸上角色扮演游戏。大型多人网络游戏多指模拟类游戏，如《二战在线》。

34．MUD

MUD 是多用户角色扮演类交互式游戏（Multi-User Dungeon）的缩写，由理查德·巴图博士和 Roy Trubshaw 于 1979 年在英国科彻斯特的艾塞克斯创造，现在被认为是最早的、真正的网络游戏。MUD 这个词还衍生出许多其他缩写，如 MOO、MUCK 及 MUSH 等。有时也用来表示网络游戏的整个领域。

35．Online Game 网络游戏

任何通过调制解调器或远程网络连接进行的游戏，包括 Modem-To-Modem 和 Interner 网络连接，但不包括局域网络游戏。

36．Patch 补丁

Patch 是网络游戏用来增加新特征、内容或是修正 bug 的下载包，有时也称为内容更新。

37．PK 或 PKilling

PK 是 Player-Killing 的俗称，在游戏中杀死其他玩家或被其他玩家杀死的行为。

38．Premium Service 付费服务

Premium Service 付费服务是在 MMOG 中仅为付费用户提供的服务，这些用户愿意支付额外费用以换取更高质量的客服、更好的事件、更快的升级或是其他好处。

39．PvP

PvP 是玩家与玩家之间对战的缩写，表示玩家之间在游戏内容与机制支持下进行的战斗。PvPer 是指喜欢 PvP 的玩家。

40．Server 服务器

（1）玩家为了进行网络游戏，通过客户端所连接的物理主机或是虚拟连接。

（2）有时指一台或多台主机，用来支撑在一起的几台计算机，共同组建游戏操作所需要的硬件设施，这几台计算机型号通常很相近。大部分网络游戏有两台以上的服务器，每一台都运行一个独立而又相仿的游戏世界。例如，《阿斯龙的召唤》中名为 Leafull 的游戏世界就是通过几台服务器主机共同组成一个游戏服务器来支持的。

41．Spamming 刷屏

不断重复同一行为，直到侵犯了周围所有人的利益为止。常指玩家不断、快速、重复发送同一条信息，使周围其他玩家无法交谈。

42．Spawn 出怪

网络游戏中不断产生新怪物，这个功能通常由游戏代码自动运行。

43．TCP 传输控制协议

TCP 是 Transmission Control Protocol 的缩写，是网络术语。指一种在计算机之间传送数据包的方式，它非常安全，具有数据检查功能，可以确保数据包依次传送到目的地。这一协议由 Internet 先驱开发，TCP 使网络连接真正得以实现。

44．Zone区域

（1）网络游戏中世界被划成一个个的区域，当从一个区域走到另一个区域时，会强制停顿（如读取新地图）或给予指示（如显示区域的名字）。网络游戏不用硬性划分区域的功能被称作"无连缝功能"。

（2）做动词，指从一个区域转移到另一个区域的过程。通常当新地图信息读入时，会有一段时间的等待。

习　题

一、选择题

1．所谓电子游戏，就是以（　　）为操作平台的一种游戏形式。

　　A．电子设备　　　　　　B．MP4　　　　　　　C．PSP　　　　D．计算机

2．下列哪款游戏是回合制策略游戏（　　）。

　　A．《沙丘魔堡II》　　　B．《魔兽争霸II》　　　C．《文明》　　　D．《神秘岛》

二、填空题

1．世界上第一台电子计算机是_____年在美国宾夕法尼亚大学诞生的名为 ENIAC（Electronic Numerical Integrator and Computer）的计算机。

2．在美国 DEC 公司生产的 PDP-1 型电子计算机上编制出一个小软件：_____（Space War），被认为是世界上第一款电子游戏。

3．电子游戏业目前非常发达，在国外，其经济地位已经成为和电影业并立的行业，而且也有着"_____"的称呼。

三、名词解释

1．内测　　　　　　　2．BUG　　　　　　3．MMORPG/MMPRPG　　　　4．PvP

四、简答题

1．用精练的语言阐述什么是游戏文化。

2．分析 Westwood 游戏制作小组成功的原因。

3．阐述中国电子游戏的现状及未来。

第 2 章
游戏的主要工作环节及流程

主要内容：
- ※ 游戏的主要工作环节
- ※ 游戏的制作流程
- ※ 游戏开发团队的职业划分

本章重点：
- ※ 游戏的工作环节及流程
- ※ 游戏开发团队及职业分类

学习目标：
- ※ 了解游戏的主要工作环节及流程
- ※ 熟悉游戏开发团队的职业划分及各部门职责

游戏的主要工作环节可以概括为市场调研、游戏策划、游戏开发、游戏运营四个环节（见图2-1）。

在开发和运营一款游戏之前，一定要对游戏行业和游戏玩家有一定的了解。了解游戏行业的宏观和微观环境及市场情况，这个过程叫市场调研。在了解市场和玩家之后，针对玩家的喜好形成创意并把它系统化，这个过程叫游戏策划。有了游戏策划方案，并不等于有了游戏，把一个游戏的策划方案制作成游戏产品的过程叫游戏开发。制作和开发游戏的目的，是为了给玩家玩，把开发出来的游戏产品介绍给玩家，使玩家最终购买和使用游戏的过程叫游戏运营。

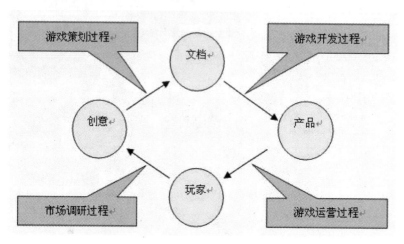

图2-1 游戏的主要工作环节流程图

2.1 市场调研

1. 市场调研的含义

当决定设计和开发一款游戏时，会面临很多问题，所有的问题都需要调查才能找到正确或接近正确的答案。提出问题并且得到准确答案或设法获得准确答案的过程，就称为市场调研。

2. 市场调研的作用

市场调研可以使游戏有一个明确、清晰的定位，使游戏创意和运营过程更有目的性和针对性。没有严谨的市场调研和市场分析，根据自己的兴趣和爱好开发出来的游戏，很难形成商业产品，即使形成了商品也很难取得很好的成绩。

3. 市场调研的主要内容

市场调研还可以细分为数据获取和数据分析两个过程。数据获取，就是调查机构从调查对象那里获取所需信息的过程。这个过程最主要的目的就是获取最真实的数据。数据分析，就是将获得的数据进行科学、系统的分析，并获得相应的结论。

2.2 游戏策划

将创意转变成规范的策划文档，才能让游戏制作人员更好地理解游戏创意及创作理念。

1. 游戏策划的含义

游戏策划人员根据自己的创作理念，构思并规划一款游戏，根据市场调研获得的数据，对游戏创意进行修改和调整，使之形成策划文档，这个过程称为游戏策划。

2．游戏策划的作用

游戏策划过程是说明游戏做成什么样的过程。游戏策划过程在整个游戏开发过程和运营过程中起着非常核心的作用。游戏的策划文档相当于电影剧本，是游戏开发的基础，游戏开发和运营都围绕着策划文档进行。

3．游戏策划的内容

游戏策划过程需要考虑的内容主要包括内容的系统性和表达的明确性两个部分。在游戏策划和设计过程中，完整、全面地对游戏的构成要素进行设计，就是内容的系统性。游戏开发都是以团队形式存在的，是多人共同完成一项工作，内容的明确和各岗位的协调就至关重要。否则这个团队就很难进行工作。游戏设计师把自己对游戏的构思和设计清晰明确地表达出来，使参与游戏开发的工作人员都能看懂，并且理解，这就是表达的明确性。

如果一个游戏策划文档，不具备内容的完整性，它就不是一个游戏；如果一个游戏策划文档不具备表达的明确性，它就不是一个策划文档。

2.3　游戏开发

有了规范的策划文档，才能让游戏开发人员更好地理解开发游戏的内涵，使游戏品质发挥到极致。

1．游戏开发的含义

游戏策划完成后，把游戏策划转变为玩家可以玩的游戏，需要一个制作过程，这个过程称为游戏开发。

2．游戏开发的作用

游戏开发过程是一个相当关键的环节，是保证游戏产品质量的重要过程，游戏的好坏，除了内容本身以外，开发和制作质量也相当重要。

3．游戏开发的内容

游戏开发主要包括技术选用、结构设计、项目组织等内容。

技术选用指的是根据游戏的策划文档和目标操作平台选用开发语言和制作工艺的过程。这里的目标操作平台指的是游戏准备在哪个设备上运行。比如，开发的游戏是在手机上运行的，选用 J2ME 比较合理。如果开发的是大型网络游戏，使用 C++ 进行引擎的编写更合理。

结构设计指的是整个游戏的技术结构规划，包括模块的划分、函数的定义等具体内容。

项目组织指的是组织和协调各工作人员进行开发的管理过程。一个游戏设计完成之后，需要有人进行开发和制作，选用什么人进行开发，什么时间能够完成，完成的质量如何等都是项目组织问题。

2.4　游戏运营

游戏运营是将开发的产品变成商品，推向由玩家组成的终端市场。

1．游戏运营的含义

游戏运营就是让喜欢这款游戏的玩家购买这款游戏，使这款游戏真正在市场上销售。使玩家知道并购买这款游戏，并为其进行售后服务的过程，称为市场运营。

2. 游戏运营的作用

市场运营过程是整个游戏环节中最重要的环节，是把投入变为利润的关键环节。如果这个过程处理不好，所有的投入和心血都将付之东流。

3. 游戏运营的内容

市场运营包括市场宣传、产品定价、售后服务等内容。

市场宣传是指向众多潜在客户介绍游戏，激发其购买欲望的过程。整个宣传过程可以细分为内容确定、渠道选择两个方面。内容确定指宣传的内容，包括游戏的内容、特点、优势等，其主要目的是激发潜在用户的购买欲望。有了内容，如何让众多的潜在用户知道，这就是渠道选择的任务。如何选择适合的媒体，使其最大限度地让潜在用户获得游戏信息，是这个阶段的主要任务。

产品定价是指确定游戏收费金额的过程。一款游戏的定价，包括收费形式和收费金额两方面内容。收费形式是指通过什么渠道进行收费。如目前国内的手机游戏绝大多数通过移动和联通代收费，网络游戏大多数以点卡的形式进行收费等。收费金额指的是游戏具体收多少钱。

售后服务，一般包括技术服务和客户服务两部分。技术服务包括客户信息的管理，数据的安全，硬件的稳定等。客户服务指的是给客户进行具体的指导和帮助，为其解决遇到的相关问题。

2.5　游戏的制作流程

游戏的制作包括市场调研、游戏策划、游戏开发、游戏运营等环节（见图2-2）。各个环节可以交叉或同时进行。

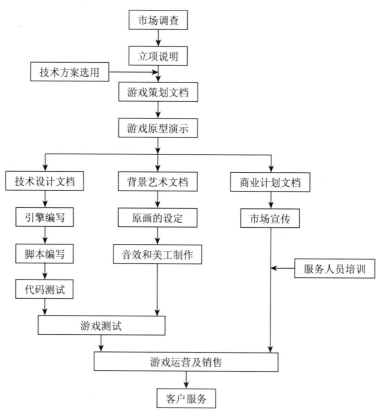

图2-2　游戏制作流程

第一步进行市场调研。根据调查的数据分析项目的投资，收益以及风险等。如果决定开发或运营这个游戏，说明这个项目已经进入立项阶段。这时要对项目进行内容、资金、人员等方面的筹备。

第二步根据立项说明书，对游戏进行策划和设计，并详细编写游戏的主策划文档。在主策划文档的基础上，针对不同的岗位，编写和制作不同的策划方案。在编写策划文档的同时，对游戏引擎的选用或技术方案的制定也同时进行。根据策划文档的具体内容，编写技术设计文档，用于指导程序员的开发。同时，还有许多其他的设计文档辅助策划，比如，操作流程图和空间流程图等。操作流程图，就是玩家打开操作界面，应该如何进行操作，比如新开始一个游戏，改变游戏参数和保存游戏等。空间流程图，主要记录玩家在游戏世界中的游历情况，一般用在关卡游戏中。空间流程图前期主要是手工绘制，然后用计算机工具软件细化。比较常用的工具是Visio。

第三步根据主策划文档，背景艺术文案进行角色形象设计、场景设计、游戏的影视动画的脚本设计等。在程序开发和艺术制作的同时，市场推广和市场运营也要同时展开。比如编写游戏的背景故事、对外宣传策略的制定等。

最后在制作阶段初步完成之后，需要几次测试，包括代码测试、系统测试、压力测试等。在游戏运营过程中，压力测试一般以内测和公测的形式完成。当然，一个游戏到了公测阶段，其主要目的在于游戏的推广。游戏测试的同时，对于客户服务人员的培训也要展开。在游戏进行内测和公测的阶段，以提供优质的客户服务。

2.6 开发团队及职业划分

一款游戏开发的成功与否，其关键在于决策者对于游戏开发团队的任务指派。一般而言，决策者会先将开发团队的人物角色分配到"最恰当"的状况，基于成本的考虑与人力资源的不足，有时一个人扮演很多的人物角色，或由某些人扮演跨越人物的角色成员。

1. 团队的任务角色

在人力资源不足或成本不能负荷的情况下，仍然可以将游戏开发团队的任务分成五大类。这五大类任务的分类如表 2-1 所示。

表2-1　游戏开发团队的任务

任务分类	主要角色
管理与设计	游戏设定 策划管理 系统分析 软件规划
程序设计	程序总监 程序设计
美术设计	美术总监 美术设计
音乐创作	音乐作曲 音效处理员
测试与支持	游戏测试 支持技术

在早期的游戏制作中，游戏设计可能是由一个人扮演这五大类的任务角色，尽管策划游戏，程序设计，美工设定，音乐创作，甚至连测试都由个人来完成，不过这种情况只局限于制作小型游戏。从现在的游戏格局来看，一款足以在游戏产业市场上生存的游戏产品，不是由一个人就可以完成的。虽然受人力资源与开发成本的限制，我们还是建议在开发游戏之前，先构建起开发团队的金字塔，这样才是游戏制作的最佳途径。

2．游戏的主要灵魂角色

游戏中最主要的灵魂角色是管理一套游戏的制作流程与设计一系列项目的管理设计人员，它的主要工作任务就是管理团队人员，构建游戏的基本架构，以及设计、编写游戏所有的细节和重点。

在游戏开发公司中，游戏的灵魂角色通常由公司中可以统筹整体游戏规划的人员来扮演，他是一套游戏的精神来源和游戏开发团队的最终向心目标。在一套游戏的开发过程中，管理者必须在技术性的管理职位上具备相当有技巧性的管理和训练团队的能力，有时候管理者扮演开发团队部门之间的协调人员或者决策者的角色，并且能够充分利用各种人力资源，使开发游戏团队能力达到最顶峰。但在游戏工作团队中很难找到这种灵魂人物。这个角色通常由一个程序员来扮演，程序员会因为精于自己的技术，没有考虑到整体的人际关系与成本进度，最后可能导致游戏开发团队士气低落或成本不断超过预算。

因此，游戏开发团队必须有一个具有管理、沟通与训练能力的领导核心。

3．游戏与设计者之间的桥梁

在一个游戏开发团队中，工作压力与心理问题最大的就是程序员，他也是最容易抱怨的角色。通常在策划人员想要将游戏设计得更完美的时候，程序员就需要花上大量的时间来实现策划人员的构思，在一个没有管理人员的团队中，程序设计人员很容易迷失自己。

其实程序员的任务性质相当单纯，他只要按照决策者与设计人员所规划出来的设计书来开发应用程序就可以了，其他琐碎的事情应该交给管理人员来处理和解决。

由于游戏开发的复杂性，一个游戏开发团队中可能有多个程序员，因此，这些程序员就需要安排一个管理众人的角色，可以称为主程序员或"总监"。

对于开发小组来讲，主程序员占有极为重要的地位，程序员是一个比较难以管理的群组，管理人员需要考虑到整个游戏开发团队的士气和默契，以及一些琐碎的事情，所以管理人员没有办法管理具体的程序员，管理员必须将这个任务交给主程序员。通常，主程序员应该是程序开发小组中技术最全面的，他必须具有将程序全面整合的能力。

简单地说，主程序员应该参与游戏开发团队的整体决策，管理整个程序开发小组，并整合整个游戏程序代码。

4．创造出游戏美感的艺术家

对于一个游戏开发团队来说，美术人员只要非常单纯地绘出策划人员所需要的画面与图像就可以了，在修改画面和图像时也不会占用太多的时间。但是目前，游戏日趋复杂，特别是三维游戏，美工的工作越来越复杂，任务也越来越重。因此，在一个团队中会有多个美术人员。在游戏开发团队中，必须为美术小组安排一个美术总监，以协调整个美术小组的工作。美术总监的管理工作性质是协调整个美术小组的工作，统一游戏整体的绘制风格，并具有将各个美术人员绘制出来的美术元素整合起来的能力。

5．游戏音乐家

在游戏开发团队中，工作性质最单纯的就是音乐人员。游戏的声音部分按其性质分为两种，一种是游戏中可以令人感动，甚至可以创造出足以影响一个玩家情绪的音乐作曲家；另一种是创造出游戏中各式各样稀奇古怪声音的音效技术师。

音乐作曲家的工作就是创作出游戏中所有剧情演变的音乐，这是一个非常个性化的行为，简单地说，音乐作曲家只要做出符合游戏画面和剧情情绪的音乐就可以了。

在一套品质不错的游戏中，可以发现一些小细节的音效足以影响玩家对游戏的评价。如果没有这些音效也不会影响游戏的品质，不过有了这些音效却可以提升玩家对游戏的感觉。例如，当剧情比较恐怖的时候，如果加上一些风声，或者一些踩在腐朽木板上的嘎嘎声，就无形中增加了游戏的恐怖气氛。

6．测试与支持人员

游戏测试与支持人员由一些不需要过多专业技能的人员组成，其工作性质是测试游戏的优劣并找出其中的错误。这样的工作不需要特殊的训练，但是优秀的测试人员也是非常难得的。

2.7 游戏行业职业分类

1. 游戏设计人员

（1）职位描述。游戏策划是整个游戏的灵魂。做游戏策划的要求非常高，按最好的标准来说，策划人就是整个游戏公司的灵魂人物，策划人本身要具备很高的素质，通晓各种知识并且有很强的技术开发能力和实际经验，头脑灵活、创意新颖，只有这样才能够真正做好一个游戏策划人。从现在国内游戏公司的情况看，这个职业是最抢手的，也是压力最大的，工作最累，最难做的一个职业。

（2）工作内容。通过市场调查和近期热点问题调查，进行游戏剧本创作。策划负责的面非常广，如整个游戏的发生背景、年代和游戏的规则，游戏画面中一把小刀放在哪儿，要画多大，配什么颜色等。

（3）人员组成。由3～4人组成，由一个总策划人领导，其他人员包括数值设定策划人员、游戏策划人员等。

（4）收入。研发团队在游戏运营后，可根据游戏销售情况提成，一般在10%左右，所以在基本工资外，如果游戏畅销，还有一笔可观收入。工资方面，有经验的总策划人收入过万元，一般策划人员的工资应在2000～5000元。

（5）素质要求。总游戏策划人要求有至少两年以上行业内经验，至少制作或参与制作过五款以上游戏产品。一般策划人员则不必硬性要求有相关经验。游戏策划人员首先要有程序编写和美术基础，因为需要指导程序员和美编的工作，沟通和组织能力也同样重要。策划人员还要具有心理学、社会学、经济学和社会统计等方面的知识，因为网络游戏就像一个小社会，也会有平衡问题。

2. 游戏程序员

（1）职位描述。网络游戏首先的形态是软件，策划人写出游戏方案后，把其设想转换为可执行的程序，目前主要有网络服务端开发工程师和客户端开发工程师。

（2）人员组成。由5～6人组成，由主程序员管理。

（3）收入。有游戏制作经验的程序员能拿到5000～10000元，刚入行的也可拿到2000～3000元，程序员和美工是目前网络游戏业最稀缺的，甚至超过了策划，主要因为有游戏制作经验的人太少。

（4）素质要求。网络游戏程序的编写通常要求程序员能够使用C/C++语言或JAVA语言，还要同时适应Windows和Linux不同系统上的开发工作。另外，数理能力也很重要。

3. 测试人员

（1）职位描述。负责检测游戏中的BUG，以便改进工作。

（2）素质要求。除了具有编程等技术之外，还要有较强的质量意识，快速确定问题的能力和吃苦耐劳的精神，此外还要具备丰富的网络游戏经验。

4. 美术和动画

（1）职业描述。根据策划的构想和要求，制作游戏人物的造型和其他事物的造型、场景等。

（2）人员组成。由于工作量较大，一般需要10名人员，分工为平面美编、三维美编和动画美编。

（3）收入。有经验的高水平主管的收入在5000～40000元之间，一般人员的收入在2000～4500元之间。

（4）素质要求。要有美术功底，要求是美术专业，平面美编对美术功底要求最高，经常要手绘游戏中的人物和物品造型，三维美编需要熟练使用各种绘图软件，对美术功底要求不是很高，动画美编对绘图软件的掌握情况同样要求很高，如果有武术或动作表演功底更好，因为可以设计动作，使画面更真实。现在的网络游戏开发设计中很多地方要用到3D动画设计进行游戏场景、人物的设计和特效的制作，但是现在能够胜任 3D 美工工作的人才并不是很多。

5．运营人员

运营人员包括市场、技术、客服、游戏管理（GM）、网站维护 5 类，运营人员是网络游戏的就业大户，规模较大的网络游戏公司需要几十名到百名运营人员。

（1）游戏产品经理。

1）职位描述。游戏产品经理是指负责一个游戏产品的包装、推广宣传、运营、销售策略制定等工作的管理人员。市场上每一款游戏产品的背后，都有一位或几位产品经理。

2）收入。游戏产品经理收入为 4000 ～ 6000 元。

3）素质要求。在游戏的最初阶段就要了解游戏产品的本质，并且针对游戏产品做出最恰当的营销策略。还要和美工一起设计出最合适的外包装，构想和策划出产品在销售时要配送的一些礼品，确定是否要做豪华包装，如何定价等。这些都是游戏产品经理在幕后一手"操办"的。因为网游的延续性，网游的产品经理需要持续不断地策划出各种活动来吸引玩家，实际上，产品经理的工作就是使他所负责的游戏产品在未来赢得更多的玩家。

（2）市场专员。

1）职位描述。游戏制作完成后，市场人员就要搞宣传做活动，工作目标就是让更多的玩家知道并玩这款游戏。

2）工作内容。调查网络游戏市场并制定应对策略，策划游戏活动，联络媒体及商务合作，以宣传、推广游戏在市场方面的工作为主，还可以做市场分析以及市场战略部署。一些网络游戏的线上线下活动由专门的策划人员将策划提交市场部，通常由市场专员来执行。在对外联络方面，市场专员根据所负责工作不同分为负责平媒及网媒。他们同媒体的关系良好，共同制作一些能够推动网络游戏发展的专题及游戏活动，对公司的游戏产品进行宣传。

3）收入。市场是在游戏界所有职位中收入与IT公司最接近的职位，有经验的市场专员月薪在四五千元。

4）素质要求。作为一名市场专员，首先要有活跃的思路以及对整个游戏行业的了解，具有一定的文笔并且同各媒体及游戏撰稿人有着良好的合作关系，制定宣传计划及划分投放份额。

（3）技术维护。

1）职位描述。网络游戏每天都有维护时间，就是技术人员整理和储存玩家的在线资料，保障网络游戏的运行速度，解决各种 BUG，技术人员还有一个重要工作，就是保证网络安全，因为网络游戏随时都会受到黑客攻击。

2）收入。收入在 2500 元左右，属于对游戏经验要求不高的职位。

3）素质要求。熟悉不同的作业系统，了解各种基础网站和服务器架设及不同品牌服务器的性能，并能编写维护程序。

（4）客服人员。

1）职位描述。通过电话、E-mail、网站在线回复等方式回答玩家的各种问题，客服人员需要对游戏的方方面面了如指掌。

2）收入。收入在 1500 元左右，对游戏经验要求不高。

3）素质要求。服务态度好，有耐心是必须的，还要懂一些计算机知识，声音甜美，文笔好也可以提高服务质量。与网络管理员一样，要能上夜班，网络游戏人员在别人休息的时候，一般都在上班。

（5）游戏管理员 GM。

1）职位描述。网络游戏中的警察，主持公道，掌握赏罚的人。

2）工作内容。GM 一般并不进入游戏画面，而是把计算机分成八个区不停地回答在线网友的问题。工作内容包括维护网络游戏内的安全、杜绝网上欺骗行为和各种外挂。GM 组长，也就是管理 GM 的人。他的主要工作是协调及收集 GM 所反馈的问题，交由公司相关部门予以解决。优秀的 GM 通常可以升职为 GM 组长。

3）收入。收入在 1500 ～ 3000 元。

4）素质要求。有耐心和恒心。由于 GM 工作比较枯燥，能够长时间从事此项工作的人并不多，GM 还要有良好的职业道德，不能给熟人提供方便，不能执法犯法，要保证游戏的公平性。

6．游戏媒体相关职位

随着游戏产业的发展，游戏相关媒体的人员需求也逐渐加大。

（1）游戏撰稿人。

1）职位描述。广义上是指那些将与游戏有关的各种文章发表在各类游戏专业媒体上的人。

2）收入。游戏撰稿人收入为 3000 ～ 6000 元。

3）素质要求。要成为优秀的游戏撰稿人需要对游戏有深刻的理解和扎实、深厚的文字功底。

（2）游戏编辑。

1）职位描述。游戏编辑的工作更多的是集合文章，网站上的多数文章由遍布各地的优秀作者以及记者负责写作，游戏网站编辑把这些文章集合起来，按照自己的策划和想法做成玩家、游戏厂商等人群关注的专题，只有这样才能保证网站的更新速度是持续不断的。游戏网站的编辑经常出现在各种游戏论坛，玩家容易接触到他们，许多网站编辑是从游戏论坛走进这个行业的。

2）收入。收入在 2500 ～ 3500 元。

3）素质要求。对文章的编辑工作和写作水准的审核是游戏编辑应该做的事。文化素质越高的编辑制作出的内容越优秀，游戏媒体行业中对编辑的要求越来越高。英文、编辑水准和文笔水准，主动性和抗疲劳性都是不可缺少的条件。

7．其他新职业

（1）游戏推广员。游戏厂家利用推广员的工作来达到游戏的最终目标客户和目标群。网吧推广员是指在当地，了解当地的地域情况，有一定的有效资源，能够为游戏在网吧中的推广做出贡献的游戏公司员工。这不但有效地解决了游戏厂家的人手调配，也为游戏玩家带来了真正的便利。

（2）职业战队。职业战队一般情况下都是由一些游戏水平很高的玩家组成，他们的主要工作职责就是在各大电子竞技比赛中取得好成绩，为他们所效力的俱乐部创造更大的社会影响力及经济收入。

职业战队的收入根据战队的竞技水平而定，一般情况下月薪在 1500 元。当然要是在世界大赛中取得好成绩，在中国竞技比赛排名靠前的职业战队，他们的平均月薪在 4000 元。

（3）电子竞技裁判。由于原来电子竞技比赛的裁判大多是一些兼职人员，不便于管理。最近体育总局出台了关于电子竞技裁判认证制度，对规范中国电子竞技市场打下了良好的基础。

（4）网络游戏中的"代练"、"商人"及"黑客"。"代练"这一职业是近几年在网络游戏中发展起来的。由于有的游戏玩家对网络游戏漫长的升级之路比较反感，但又对游戏抱有很大的兴趣。就会出钱在网吧找一些闲散人员为自己挂机练级。"代练"的收入不稳定，一般情况下是双方私下商定的。也有一些所谓的专业"代练"组织，他们有自己的办公室、工作人员、宣传网站等，但工作性质及工作方法都是一样的。

"商人"这一职业是从网络游戏的交易系统中演变过来的。由于在游戏中某些虚拟物品比较稀有，以至于游戏中虚拟的金钱已经不能满足所交易的物品价值。只能用现实中的游戏点卡甚至人民币与之交换。交易的种类也是五花八门，小到游戏中的装备、金钱、宠物等，大到游戏中高等级的ID账号、市面上炙手可热的网络游戏内测账号等。有的网络游戏中比较珍贵的装备甚至可以卖到几万元（见图2-3）。一般情况下，运营商是不鼓励玩家用人民币买卖虚拟物品的。

网络游戏的"黑客"利用网络游戏的BUG制造一些非法外挂程序。这些外挂程序不仅影响了整个网

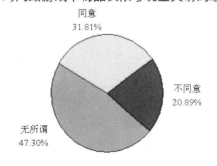

用户对**网络游戏**中物品及帐号现金交易的态度

同意 31.81%

不同意 20.89%

无所谓 47.30%

图2-3　用户对网络游戏中物品及账号现金交易的态度

络游戏的平衡性，甚至还会对运营商的服务器造成严重破坏。

　　还有一类所谓的"黑客"，危及的则是广大玩家。他们以盗取他人账号为生。主要手段是安装非法程序（如木马程序）。当玩家进入网络游戏时，他的账号及密码会传输到"黑客"手中。账号到手后这些人会马上转变为"商人"角色，出售有价值的物品。等玩家向运营商要回账号的时候，为时已晚。

　　网络游戏中的"黑客"是网络游戏的蛀虫，是玩家及运营商共同的大敌。现在中国的法律对虚拟物品的丢失还没有明确的条文进行制裁，他们暂时还可以逍遥法外。

习　　题

一、选择题

1. 下列哪项不是测试阶段的内容（　　）。

　　A. 代码测试　　　　　　B. 系统测试　　　　　　C. 压力测试　　　　　　D. 负载测试

2. 下列哪项不是市场运营方面的内容（　　）。

　　A. 市场宣传　　　　　　B. 网络推广　　　　　　C. 产品定价　　　　　　D. 售后服务

二、填空题

1. 游戏的主要工作环节可以概括为_____、_____、_____、_____四个工作环节。

2. 游戏制作团队的5大任务是：_____、_____、_____、_____、_____。

3. 游戏行业的职业分类是：_____、_____、_____、_____、_____。

三、简答题

1. 叙述游戏开发及游戏运营各个职业的工作职能及重要性。

2. 论证"网络游戏商人"对游戏运营的利与弊。

3. 如果你是网络游戏运营商，你将如何处理"黑客"行为。

第 3 章
游戏本质分析

主要内容：
- ※ 游戏的本质和特点
- ※ 游戏的内容体系
- ※ 游戏类型的产生、作用、分类和演变过程
- ※ 游戏开发的要素

本章重点：
- ※ 游戏的特点以及与相关行业的比较
- ※ 游戏类型的产生、作用、分类和演变过程
- ※ 游戏开发的要素

学习目标：
- ※ 熟悉游戏的本质、特点及分类
- ※ 了解游戏类型的产生、作用和演变过程
- ※ 熟悉游戏开发的三大要素

3.1 游戏的本质

3.1.1 游戏的含义

游戏就是按照一定规则进行的交互式娱乐行为。所谓规则，就是一个游戏在进行过程中，所有参与游戏的人员必须遵守的行为准则。这个准则在游戏中是必然存在的，没有规则的游戏是不存在的。设想一下，如果两个人在下象棋，按自己理解的方式行棋，两者之间没有共同的规则，这盘棋就无法进行下去。

在这些游戏中，有些规则是明文规定的，只要玩这种游戏，游戏参与人员就必须采用这种规则，这类的游戏规则叫做确定规则。比如象棋中的规则包括马走"日"，象走"田"，炮打隔山"子"等，游戏中采用的规则就是确定规则。

另外还有一种游戏，游戏中的规则没有明确规定，但是，所有人员都潜意识地遵守这一规则，并以此进行游戏，这类规则叫潜在规则。比如小孩在玩"过家家"的游戏，这类游戏没有人为其制定专门的规则，但是所有参加人员都按照一种行为规则进行游戏，如做饭、上班、成家……

确定规则一般来说相对稳定，规则一旦形成，在一定时间和地域里不会有太大改变；潜在规则，则由于没有明确的规定，变化比较大，只要参加游戏的人员在玩游戏之前达成统一规则就可以了。同一个游戏，在不同时间玩，由不同的人玩，其规则都有可能发生变化。

3.1.2 游戏的表现形式

游戏根据其采用的规则和游戏的目的不同，可分为竞技性游戏和非竞技性游戏两类。这里所说的竞技性，是指参加某项活动的人员按照一定的规则完成活动内容，完成的结果在参加人员中可以相互比较，并可以得出唯一的胜负结论。即参与活动的人员之间是有输赢的。

说到游戏，一般是和"玩"联系在一起的，但是，当某类游戏发展到一定程度，就具有了一定的功利色彩，这时就不称作游戏了。带有竞技性的游戏具备完整的规则和商业目的之后，一般称为体育项目。比如棋类、足球等。而不带竞技类的游戏具备了完整的规则和商业目的之后，一般称为艺术类别。比如小孩"过家家"的行为，具备了一定的目的性，并把过程规范化之后，就是一幕"话剧"。

当电子游戏的玩家为某款游戏制定了完整的游戏规则，并进行商业目的的运营之后，电子游戏行业便多出了一个行业，就是常说的电子竞技。

3.1.3 电子游戏的艺术属性

在艺术行为没有形成一定的规则和目的之前，其本身属于一种游戏行为。这就说明游戏具备一定的艺术属性。所谓艺术，是人的知识、情感、理想、意念综合心理活动的有机产物，是人们现实生活和精神世界的形象表现。艺术借助人类的感性反映世界，包括客观世界和主观世界。

主导人类思维的有两方面因素，一方面是理性，也就是我们常说的理智；另一方面是感性，也就是我们常说的情绪。理性思考的主要特点是尽量反映客观现实，并以此为基础做出相应的判断和行为。一般科学领域的思考方法大多属于理性思考方法。感性思考的主要特点是借助人类的感性来反映主观或客观世界。一般艺术领域的思考方法大多属于感性思考方法。

在游戏设计过程中，游戏的情感世界也是游戏设计师重点考虑的问题。倘若一部游戏不能使游戏者获得某种深层次的情感体验，它所受到的欢迎程度将是有限的。在确定了具有竞争性的游戏内部机制后，下一个要考虑的就是游戏的情感世界，实际上是特定游戏人群的情感世界。

由此可见，游戏从某种意义上说，是属于艺术范畴的。目前，电子游戏被称作"第九艺术"。

3.2　游戏的特点

3.2.1　游戏的特征分析

作为一种娱乐活动，游戏本身的特定行为模式、规则、目的等决定了它与其他娱乐活动是不同的。

1．交互性

所谓交互性，就是指游戏参与者在参与游戏的过程中，其行为受到游戏规则的限制，同时也影响游戏的进程和结果。

游戏的交互性是在其他娱乐形式中难以见到的，但却是游戏的最基本特征。游戏中的交互性分为两类，一类是参与人员之间进行交互，比如捉迷藏；另一类是参与人员与游戏道具进行交互，如踢毽子；有些游戏两种交互方式同时存在，如踢足球。

电子游戏与传统游戏一样，玩家必须和游戏世界中提供的虚拟对象进行交互。在目前最流行的网络游戏中，游戏还提供了玩家之间的交互。

2．游戏模式

所谓游戏模式，是指某类游戏采用的标准样式。例如，猜拳游戏必须拥有剪刀、石头、布等模式，俄罗斯方块一定要有 4 种不同的方块。

与其他的娱乐活动不同，游戏具备特定的流程模式，这种流程贯穿整个游戏，玩家必须严格按照这个流程模式执行，玩家执行相关行为之后，游戏将提供一个玩家行为的结果。

3．行为规则

规则就是一种行为准则。这个准则具体内容包括玩家按照什么样的方式方法进行行为，做出行为之后，游戏的其他参与人员如何回应，并使游戏继续进行。这个规则所有玩家必须一致认可，并严格遵守游戏行为。如果玩家不能遵守这个规则，游戏就失去了公平性。游戏当中，一般会有一个裁判，通常由计算机自动担任。它与真实世界的裁判相比，更为严格和准确。

4．娱乐性

游戏必须具备娱乐性，通常游戏需要为玩家提供各种不同的新鲜感和刺激感，这也是游戏最核心的本质。不管是网络游戏，还是单机游戏，娱乐性必须存在，只有这样才能吸引玩家。

5．满足感

游戏最终要给玩家提供一个结果，使玩家获得在现实世界中难以得到的满足感。复杂游戏的成就感不一定是通过绝对的胜负来得到的。如果一个游戏没有明确的结果，这个游戏就像一个不完整的游戏。

最简单的游戏结果是通过胜负来完成的，不同的游戏，提供的模式是不同的。例如动作类游戏，需要通过锻炼动作的协调性取得胜利，有些游戏则需要用户进行深入的思考才能取得胜利。

3.2.2　电子游戏的特点

所谓电子游戏，就是采用电子手段玩的游戏。电子游戏是游戏的一个组成部分，是游戏的一个子集。电子游戏除了具备游戏的特点之外，还有其自身的特点。

1．现实模仿真实性

游戏规则和游戏模式的制定是对现实的一种折射和反映。对现实模仿的真实性是电子游戏的主要特点。传统游戏采用的模式都比较简单，属于抽象的范围。比如象棋中的"车"、"马"、"炮"等，采用文字书写的方式。在电子游戏中，其模式都采用拟真化。在电子游戏中出现的"车"、"马"、"炮"都是模仿真实事物的形状和规则。电子游戏的这种模仿真实性是其区别传统游戏的重要标志之一。

2. 采用技术复杂性

相对于传统游戏，电子游戏的实现手段相当复杂。传统游戏中使用的道具或行为模式都相当简单。比如围棋只有黑白两种类型的棋子和一个棋盘。

电子游戏的制作过程比传统游戏复杂得多，需要制定众多的规则，需要进行程序开发和美术制作等。让一个虚拟的 NPC 人物在场景中简单地走起来，设计和制作过程就已经非常繁琐了。

3. 游戏内容丰富性

传统游戏体现的游戏规则和目的相对简单，这使人们在参与游戏的过程中，彼此交流或行为比较单纯。比如下象棋，两个人只是在棋盘上表达自己的意图，除此之外并无其他交流。

在电子游戏中，与玩家进行的交流比较丰富。在一个游戏中可以有多个要素，可以与游戏中的 NPC 人物进行情感交流；也可以打猎积累积分等。

4. 时间空间虚拟性

传统游戏一般在玩家脑海中映射的时间和地点与游戏产生的时间和地点比较吻合甚至一致。比如下一盘棋，其发生的时间和地点就是现实世界中的时间和地点，在棋盘上体现的时间和地点与现实完全吻合。

但是，在电子游戏中，玩家脑海中映射的时间和地点与游戏发生的时间和地点并不吻合。比如在家中玩电子游戏《剑侠情缘》的时候，游戏提供的时间和地点却是宋朝。

3.3 游戏的内容体系

规划和创意一款游戏，其思考的内容一般反映在人类认知、文化理念、情节载体、虚拟空间、交互界面等五个层次。上述五个层面基本构成了一个游戏的内容体系（见图 3-1）。

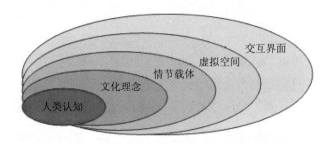

图3-1 游戏的层次结构

1. 人类认知

在游戏设计中，人类认知的层次是游戏设计的基础。

广义的人类认知，是指人类对客观世界的一种全面认识，包括自然科学、社会科学等。没有这个层次或没有这些知识的积累，就谈不上其他各层面的问题。例如，人类是两足行走的，这是一个基本认知，在游戏中，除了极为特殊的需要，类似人类的角色设计一般都是两足行走。很难想象，在一款游戏中出现的人物角色是四条腿的。当然，也有非两足行走的角色，但一般不能称作人类。

狭义的人类认知，是指设计师对人类及人类社会认识的程度和角度。人类经过不断地探索，对客观世界的知识积累已经相当丰富。游戏设计师所掌握的知识结构是影响游戏的关键。例如，一个设计师所掌握的知识告诉他，人类对未知的事物存在恐惧心理，他在设计一款恐怖游戏的时候，会自觉或不自觉地利用各种手段把游戏环境设计得比较复杂和黑暗，使玩家对周围环境不容易判断，以此增加游戏的恐怖感。

很多设计师关于"人类认知"层面的体现是潜意识的，在设计游戏的过程中，并没有进行意识的总结，这是设计师缺少知识的积累，游戏缺少内涵的重要原因。

2．文化理念

在人类认知层的外围，是文化理念层。在这个层面，文化和理念分开为两个层面，文化具有群体性，理念具有个体性。

文化的含义同样有广义和狭义之分。狭义的文化是指人类所创造的财富的总和，特指精神财富，如文学、艺术、教育、科学；广义的文化是指某类以特定标准划分的人群对某类事物的心理和行为的共同认识。比如日常所说的酒文化，茶文化等。我们所说的文化是指广义的文化。

这里提到的特定标准指的是划分标准，它可以是任意的。按照地域进行划分，有东方文化和西方文化。按民族进行划分，有汉文化、藏文化或者玛雅文化等；也可以按宗教信仰进行划分，比如佛教文化、道教文化等。

文化具有一种群体性，也就是说，某类事务或者现象被称之为文化，必须有一个前提，就是有一部分人对其有共同认识。文化背景在游戏里的体现也非常明显。比如，对战争的理解，东方人认为确定战争胜负的条件是相当复杂的，以三国的赤壁之战为例，自然因素、外交因素和计谋因素都是决定胜负的关键，使战争的胜负变得琢磨不定。《三国志》就是这种文化下的典型代表。西方对战争的理解就相对简单的多，以双方的实力决定战争的胜负。两军对垒，实力雄厚的一方获胜，如《红色警戒》。

理念是某人对某类事物的主观看法。文化是某个特定人群的共同行为，具有一种群体性，理念是一种个人行为，比如文学领域，《水浒传》和《红楼梦》都是四大名著，在红楼梦里，作者对女性的态度是正面的。而《水浒传》里对女性的描写大多是负面的，小说中出现的女性形象像潘金莲、顾大嫂、阎婆惜等都不是正面的形象。

设计师的理念在游戏设计过程中起着决定方向和风格的作用。比如，《DOOM》的主创卡麦克认为给玩家强烈的刺激是调动玩家情绪的最好方法，他设计的游戏，无论场景和NPC都非常恐怖且令人恶心；任天堂的宫本茂在游戏设计中拒绝暴力，《马里奥》这款经典游戏的设计就充分地体现了这一设计理念。

3．情节载体

所谓情节载体，就是表现理念和思想的故事或其他表现形式。

一件事物的内容和表现形式是可以区分的。比如，你在家里正在玩游戏，这是具体的内容。这个内容可以用不同的方式表达出来，可以写一段文字"我在家里玩游戏"，也可以用英文写I play a game at home，也可以用一幅图画表现出来，也可以拍一段录像把活动表现出来。无论何种形式，别人看了之后都会明白，你是在家里玩游戏。再如，表现《哈利波特》这个故事有英文版的小说，也有翻译成中文版的小说，有拍成电影的，也有开发成游戏的，但其故事内容却只有一个，那就是哈利波特在魔法学院里经历的一些故事，这个故事就是情节载体。

4．虚拟空间

所谓置入感就是人们的一种身临其境的感觉。例如，在看立体电影的时候，电影屏幕上扔东西，观众感觉东西向自己扔过来，这就是置入感的一种体现。

虚拟空间就是身临其境中的那个"境"，是想象内容的依附空间。例如，小孩在桌子上摆弄十几个玩具兵，嘴里念念有词，他想象自己是指挥千军万马的将军。这时候，在小孩头脑中的置入空间就是千军万马所在的战场。

对所有的艺术形式来说，其引人入胜的就是置入感。为了达到置入感，各种艺术形式采用了诸多技术手段。但主要环节都比较一致。

（1）需要构建一个虚拟世界。构建一个虚拟世界，就必需一定程度的模拟现实世界。这种努力横亘人类整个艺术发展的历史。例如，西方绘画中的透视法，使人们在二维平面上虚拟三维的空间。在文学作品中有一种写作手法叫"描写"，采用这种写作方法的目的也是为了增加置入感。再如，看到"广阔的草原，一望无际"这段文字之后，脑海里就会感觉看到了这片草原。

（2）尽量使虚拟的世界占据人的感观。虚拟世界的信息获得的越多，现实世界的信息必然获得的越少。

许多硬件平台就是按照这样的原则进行设计的。如电视的屏幕越来越大，环绕立体声音响都起到了这样的作用。

为了增加置入感而建造的虚拟世界，就是我们所说的虚拟空间。虚拟空间是游戏制作过程中最重要的制作部分，从某种意义上说，游戏的开发过程就是虚拟空间的构建过程。

虚拟空间包含了两个层面，一个是实体层面，一个是规则层面。实体层指的是场景、角色、道具和其他一些实体对象。也就是说人们可以看到的一些具体物体。规则层是指所有的具体物体行为的规律。如NPC人物行走等。如果我们只注重实体层，而不注重规则层，是不会有好的置入感的。

5．操作方式

我们为玩家提供了一个虚拟现实的空间，但是，真实的玩家却和虚拟的空间之间无法建立直接的联系。玩家的任何行为，在虚拟世界中都没有反映。这时候需要建立一个角色，使玩家通过这个角色与虚拟世界建立起一定的联系。这个角色，会给玩家一种代入感。

所谓代入，就是游戏中的角色代替玩家进入虚拟的世界。所谓代入感，就是这个在游戏中的角色和现实中的玩家有一种联系，使玩家感觉这个角色就是游戏中的自己。

代入感的真实与否，主要取决代入形象和交互方式的设计。具有交互性是游戏与其他艺术种类的重要区别之一。一个好的操作设计，是不会让玩家感到任何不方便的。

3.4　游戏类型概述

不同的游戏在制作过程中所需要的技术是截然不同的，所以对游戏进行分类是非常有意义的，这样可以帮助游戏设计者分析并设计整个游戏。

3.4.1　电子游戏类型的产生

游戏类型是一种分类方法，是设计师在游戏表现形式上的妥协。真实的人在真实的生活环境中，其身份和事件是极其复杂的。如果把游戏简单地看做对人生和世界的模拟的话，由于技术上的局限性，游戏设计者不可能把握这么广阔的主题。游戏设计者必须将世界、社会、人生等各种错综复杂的主题分门别类，在一个较小的范围内，利用现有技术予以表现，这样各种游戏类型就诞生了。

3.4.2　电子游戏类型的作用

把电子游戏划分为各种类型的主要原因是为了弥补技术上的局限，划分玩家群体以及让玩家更容易掌握新游戏。

1．弥补技术上的局限

由于技术上不可能实现过于宏大的游戏主题和游戏世界，设计者必然做出妥协，找到可行的主题和边界。随着技术的发展，边界会被不断打破，游戏世界也将不断扩大。类型这一概念的提出，使得这种扩大和发展在一种有序的情形下进行。

2．划分玩家群体

观众定位的概念，在电影界很早就出现了。如青春片是给学生看的，伦理片是给成年人看的，枪战片的观众男性居多，浪漫的爱情片主要使女性流泪。同样，游戏类型也有这种分类。比如《生化危机》这种类型的游戏就吸引了很多男性玩家，因为《生化危机》剧情紧凑、情节刺激、能够激发人的探险欲。而女性玩家往往会选择节奏比较慢、形象可爱的游戏，如《大富翁》、《石器时代》等。

3. 玩家更容易掌握新游戏

由于类型范式的存在，使得玩家对同一种类型游戏的操作比较熟悉并容易掌握。一般情况下，玩家很少阅读购买游戏时所附带的游戏说明书，玩家是通过摸索和对以前同类游戏的操作经验来玩新游戏的。

3.4.3 电子游戏的分类要素

所谓类型范式，是指同属于一个类型的游戏和游戏之间，必定有某些东西是共同的东西，并被不断重复。

类型范式由许多部分组成。最主要的有四项：主题、故事情节、视觉风格、游戏规则。其中，主题、故事情节、视觉风格是游戏和电影共有的。

（1）主题。不同类型的游戏有不同的主题。如西部片中的复仇主题，香港功夫片中宣扬的江湖义气，游戏中格斗（FTG）的争取最强和超越自我的主题等。

（2）故事情节。不同类型的游戏有不同的故事情节。如早期 ACT 游戏的英雄救美，RPG 游戏的英雄之旅等。

（3）视觉风格。不同游戏有不同的视觉风格，包括色彩、构图、光影、特殊物品和场景。比如 film noir 中阴影的应用；音乐片华丽的服装和布景。一辆老式的福特车里一个人手持冲锋枪探出身来，则是早期警匪片的特征。对游戏类型来说，不同类型的视觉风格尤为明显：在游戏屏幕中有一个十字准星，准星旁有一件武器，这应该是 FPS 游戏。一个俯视的地图，底部是一个菜单，上面是各种选项，这可能是 RTS 游戏。AVG 游戏一般比较阴暗，RPG 游戏中的人物都可以升级，都可以培养等。

（4）游戏规则。不同类型的游戏之间最大的不同点是游戏规则的不同。如 RTS 游戏的特殊游戏规则包括建筑、生产、微观管理、战争。FPS 游戏中的关卡、探索、射击三要素。从更具体的方面来看，游戏的基本操作方法是范式的一部分。比如 FPS 类型游戏，一般是键盘控制行走，鼠标控制方向和射击，鼠标左右移动对应左顾右盼，上下移动对应俯仰。这种操作方式得到玩家的普遍认同，已经定型，被证明是最符合这种游戏的类型配置。

3.4.4 电子游戏的演变过程

所有的类型都有一个循环往复的演变过程，一般被称为类型环（见图3-2）。

这个环所表达的就是类型的演变过程。整个环分为三个阶段。

第一阶段是类型初始阶段，这时类型处于雏形阶段。它的特征有可能在各种游戏中显现。但总的来看，各种特征还没有得到总结和确认，零散且不系统，设计者对这个类型游戏的规律没有理性的认识和把握，玩家也还没有把这种游戏类型和其他类型区分开来。

第二阶段是类型确立阶段。在此阶段，这个游戏类型的独立性被承认，其特有的规则被总结归纳，成为所谓的"范式"，并被玩家广泛认同，拥有了稳定的、特定的玩家群体。这个玩家群体是这种游戏类型的铁杆支持者，即所谓的"专业"玩家。

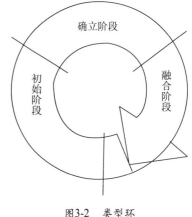

图3-2 类型环

第三阶段是类型融合阶段，一个类型在进入成熟期后，必然要有变革和发展。新的要素会被引入，或者和其他类型融合，这意味着前一个阶段形成的关于这个类型的范式被打破。类型又重新回到一定的混沌状态，等待新的规则和范式的确立。

这样就形成了一个周而复始的循环。

3.5 目前流行的分类

游戏的类型基本上可以分为基本分类及流行分类两种。

3.5.1 基本分类

按照 Geoff Howland 的分类方法，基本的游戏分类可以分为 6 类。

1. 动作类游戏

Action Game，缩写为 ACT。凡是在游戏的过程中必须依靠玩家的反应来控制游戏中角色的游戏都可以被称做"动作类游戏"。这类游戏提供玩家一个训练手眼协调及反应力的环境与功能，要求玩家所控制的主角（人或物）根据周围情况变化做出一定的动作，如移动、跳跃、攻击、躲避、防守等，以此达到游戏所要求的目的。此类游戏讲究逼真的形体动作、火爆的打斗场面、良好的操作手感及复杂的动作组合等。这种游戏是最常见的也是最受大家欢迎的，游戏既可以使用鼠标操作，也可以使用键盘操作，还可以用专门的操纵杆操作。

ACT（Action Game）是家用游戏机上最流行的游戏类型。在任天堂 8 位机时代，《魂斗罗》、《双截龙》等曾经风靡一时。最早的玩家们被称为"闯关族"，就是因为在横卷轴 ACT 游戏中，玩家要从左向右一关一关地闯过去，最终打倒魔头。

随着 32 位游戏机的问世和三维图形的广泛使用，ACT 游戏在很长一段时间内没有推出重量级的 ACT 作品。其主要原因是三维图形使得原有的二维 ACT 游戏的规则遭到了破坏。在三维世界中，复杂地形和多变的路径，使得二维 ACT 中直线前进的固定模式被打破（在最早的三维 ACT 中，游戏世界是三维的，但路线只有一条，是一维的。这种模式很快就被抛弃了）。在三维世界中，视角和镜头的处理更为复杂，为玩家的观察和控制带来了困难。在三维世界中，敌人必须具有更高的智能和自主性，才能够在复杂的地形里找到并攻击玩家。这使得玩家在玩三维 ACT 游戏时，不可能建立玩二维横卷轴 ACT 时那样简单的条件反射。

三维 ACT 已经把旧有的二维 ACT 游戏的范式打破了，从某种意义上说，新的三维 ACT 和旧的二维 ACT 应该属于不同类型。目前的三维 ACT 可以看做是 FPS 和冒险类游戏的中和。FPS 对三维 ACT 的影响体现在三维迷宫和 NPC 上，所不同的是 ACT 游戏一般采用第三视角，FPS 游戏采用第一视角。冒险类游戏对 ACT 的影响主要体现在解谜（Puzzle）上。目前三维 ACT 游戏最典型的例子就是《古墓丽影》系列。

此类游戏的典型代表是著名的动作游戏《毁灭战士》、《雷神之锤》、《古墓丽影》等。

2. 冒险类游戏

Adventure Game，缩写为 AVG 或 ADV。这类游戏在一个固定的剧情或故事下，提供玩家一个复杂的环境和场景，玩家随着故事情节的展开，经历游戏提供的各个故事，解决游戏中出现的各种难题。

AVG（Adventure Game）游戏以故事（Story）、冒险（Exploration）和解谜（Puzzle）为三大要素。玩家扮演一个角色，在充满悬念的故事情节的指引下，一步步探索游戏中的未知世界，在探索过程中合理地使用道具，解开各种谜题，最终破解整个故事的秘密。和同样注重故事情节的 RPG 游戏相比，AVG 更注重故事的流畅性和悬念。在画面构成上更注重借用电影镜头和剪辑技术，以求达到刺激、恐怖和悬念的效果。

AVG 节奏慢，故事吸引人，需要动脑子，是在中老年龄段的玩家中比较流行的游戏类型。

此类游戏的典型代表是《波斯王子 3D》、《夜行侦探》、《神秘岛》等。

3. 模拟类游戏（日式模拟）

Simulation Game，缩写为 SLG。SLG 是定义最混乱的一种游戏类型。这个类型是日本人提出的，美国游戏业没有这个类型的定义。它既包括策略模拟类游戏,如《三国志》系列;又包括恋爱模拟类游戏,如《心跳回忆》系列。仔细研究发现它们共有的特征是复杂的数字式管理。在《三国志》中是各城市和各武将的数值,《心跳回忆》中也有各种各样表达人物状态的数字。因此,SLG中的模拟实际上是用一个非常粗糙的数字模型和数字式管理来实现的。这些日本游戏并没有使用高级的人工智能技术和认知模型。

4. 益智类游戏

Puzzle Game,缩写为PUZ。此类游戏通常属于小型游戏,益智类游戏的特点是玩起来速度慢,比较幽雅,主要培养玩家在某方面的智力和反应能力,比如牌类游戏,拼图类游戏,棋类游戏,俄罗斯方块等。总之,玩起来需要玩家动脑筋的游戏都可以称为益智类游戏。这种类型的游戏是最普及的游戏类型,计算机上预装的小游戏基本上都是这个类型。

5. 经营管理类游戏(美式模拟)

Simulation Game,缩写为SIM。SIM也是一个定义比较混乱的类型。这个类型是美国人定义的。它包括了《模拟城市》、《模拟医院》、《模拟人生》等一系列以"模拟"为招牌的游戏。这些游戏也是对现实生活的模拟。它们对数字的依赖较少,交互性更强,使用了更复杂的人工智能技术。美式模拟类游戏中所构建的模型比日式模拟类游戏更复杂,更具模糊性。

6. 机能模拟类游戏

在机能模拟类游戏中,无论是飞行模拟还是坦克模拟,都是模拟现实中的某种机器的机能。玩家只是一个飞行员或坦克驾驶员。

3.5.2 流行分类

在游戏的发展过程中,一些具备自己特点的游戏被分离,人们采用最适合它的名字进行命名,理论上,它可以归纳为 Geoff Howland 分类方法中的某种类型。

1. 角色扮演游戏(RPG)

角色扮演游戏允许玩家"变成"游戏中的一个角色,并以该角色的身份在游戏提供的环境中完成冒险任务并生存下来。流行的角色扮演游戏如《无尽的任务》、《博得之门》以及《仙剑奇侠传》等。

在艺术性上,RPG 游戏借助于多媒体视听的强大能力,综合美术、动画、音乐、音效、文学、戏剧等多种艺术娱乐表达形式。在故事性上,RPG 游戏的"情节"是由"剧本"严格限定的,是单线发展的。RPG 游戏给游戏者提供了虚假的主动性。这种虚假的主动性和被动设定的故事情节相结合构成了 RPG 游戏的交互性。

2. 第一人称射击游戏(FPS)

第一人称是指在游戏中,从玩家的视角观看游戏,游戏屏幕中没有玩家扮演的角色。相对而言是第三人称游戏,是指玩家相关的游戏主角本身处于游戏当中,游戏的视角是虚构的视野,比如以一个跟随角色移动的摄像机的视角。比较著名的如 Quake 系列、CS 等。

FPS(First-Person Shooter)是从美国流行起来的一种游戏类型。它起源于早期苹果机上的迷宫游戏和游戏机上的 ACT 游戏。在融合了两类游戏的特点后,通过引入第一视角和三维图形使游戏的表现力极大提高。首先是置入感(Immersion)的提高,三维世界和第一视角的应用使得玩家第一次能够感到自己"面对"着一个真实的三维世界。其次是交互性(Interactivity)的提高,三维地图使得玩家可以沿多种路径到达终点,更增加了探索前行的乐趣和不确定性。NPC(Non-Player Character)概念的提出使得玩家所要面对的对手有了一定的智能和适应性。

目前 FPS 的发展趋势是:第一,提高 NPC 的人工智能,引入小组机制,使得 FPS 不仅仅是疯狂扫射和冲锋,有了战术配合。第二,被 FPS 长期忽视的故事性得到强化。第三,联网对战使得 FPS 更加刺激。

如受到空前好评的《Half-Life》就体现了这三种趋势。

3. 即时战略游戏（RTS）

即时战略游戏通常提供一个复杂的背景，提供大量的工具、人物、生物让玩家控制，玩家组织并指挥这些人物进行生产、作战，有目的地完成各种任务。例如，解决或者战胜一个给定的目标或通过游戏的一关，或者击败另一个玩家等。这种游戏的代表作有《帝国时代》、《红色警报》等。

RTS（Real-Time Strategy Game）也是由一两个开山大作确立的。1992年的《沙丘2》（Dune2）和1995年的《命令与征服》（Command & Conquer）是早期RTS的代表作。从20世纪90年代中后期开始，RTS的发展十分迅猛。很多最新的技术都是RTS游戏提出来的，比如寻径算法、人工智能、指令序列等。这些技术后来又被应用到了其他类型的游戏中。

所谓策略，包括两个含义。从广义的角度来看，策略是指运用政治、经济、军事手段实现国家意志和维护国家利益。对游戏来说，一般是通过资源采集、生产、后勤、开拓和战争振兴本种族或国家，战胜其他种族或国家。从狭义角度看，策略是指用来击败敌人的各种军事指挥手段。作为RTS游戏，它既包括广义的策略也包括狭义的策略。

所谓即时，是指玩家在紧张地排兵布阵的时候，敌方也在进行各种操作。当玩家停下来时，敌方不会停下来等他。这样双方都在和时间赛跑，使得游戏更加紧张、刺激。

大多数RTS游戏都遵循"采集—生产—进攻"的三部曲原则。即通过对几种资源的采集和利用，构建基地或城市，生产武器，组建军队，然后向敌方发起进攻。RTS最重要的两个要素是资源管理和狭义的战争策略。有的游戏侧重于战争策略，基本省略了资源管理，如《Myth》这款游戏。有的游戏资源管理的任务很重，甚至到了繁琐的地步，比如在《傲世三国》中引入了后勤的概念。

4. 运动类游戏（SPG）

运动类游戏模拟真实世界的运动项目，例如足球、棒球、篮球、赛车、钓鱼、乒乓球等，要求角色完成巧妙的竞技动作，例如，独特的击球动作、转身、投掷等。这种游戏特别重视控制动作的力度，以获得比较高的技巧。

5. 格斗类游戏（FTG）

格斗类游戏专注于格斗与对抗，具备自己的特色。如《真人快打》、《死亡盟约》、《铁拳IV》等。

格斗游戏也是一个长盛不衰的游戏类型。其基本特征是，在一个狭小的场景里，通过复杂的按键序列控制双方角色进行一对一的打斗。二维格斗游戏一般采取平视镜头。三维格斗游戏一般使用第三视角。玩家的注意力完全集中在对手身上。

目前FTG的发展趋势是三维场景变得更大、更复杂，可以使用场景中的道具，以及使用物理编程使打斗真正符合实际的力学原理。

6. 多人联机角色扮演游戏（MMORPG）

多人联机角色扮演游戏是目前比较流行的主流网络游戏，多个玩家通过网络连接到中心服务器，各自扮演一个角色，在系统中相互交流，完成升级等任务。

7. 教育类游戏

教育类游戏主要是通过游戏的方式，帮助玩家学习各种知识和技能，提供辅助教育的目的。这种类型的游戏在游戏刚刚起步的时候，销售情况比较好。这也从一个侧面反映了普通人对游戏的一些偏见。

3.5.3 多种类型的组合

为了满足品味越来越高的玩家，各大游戏研发公司竭尽全力想跳出游戏自始至终单一类型的圈子。这样就有了多个类型的组合模式。

1．A·RPG：*动作类RPG游戏*

这种 RPG 游戏没有专门的战斗画面，也就是随时可以挥刀舞剑。如日本的《不可思议之谜宫风来的西林》和《天地创造》等，也有主观视角的 ARPG，如美国的《魔法门》系列。

2．S·RPG：*模拟类RPG游戏*

这种 RPG 游戏在战斗时采用 SLG 式，也就是一种可控制一组角色，可移动的战斗方式。如日本的《光明与力量 II》。

3．AVG·RPG：*解谜冒险与角色扮演类游戏组合*

AVG·RPG 即解谜冒险游戏与角色扮演游戏的组合，这类游戏将解谜冒险放在很重要的位置。如日本 CAPCOM 公司的《BIO HAZARD》、《生化危机》、《古墓丽影》等。

3.6　游戏开发的三大要素

3.6.1　游戏的筋骨：软硬件技术

计算机技术是实现一套电子游戏的基础，如果一个游戏技术方面出现问题，其他方面即便做得再好，也没有办法成功。

在游戏设计阶段选择的技术类型就决定了游戏的基本架构。比如，如果使用 2D 的图形技术进行开发，那么就不可能设计一个逼真的第一人称视角的射击游戏。

计算机技术是不断发展的，从最初最简单的图形绘制，到卷轴技术，贴图技术，进一步发展到光线跟踪、3D 模型等，每一次图形处理技术的飞跃，都给玩家带来更真实、更华丽的感觉。技术越高级，所需要的硬件处理能力、软件开发的花销也就越高。

并不是说 3D 技术一定就比 2D 技术更适合所有的情况，这要看游戏本身的需求。比如，如果仅打算开发一款休闲类的棋牌游戏，过于华丽反而造成用户的视觉疲劳，简洁的 2D 技术就足够了。

游戏技术方面的工作，包括初始的技术选择，然后是具体的编码、调试、测试等，这些是保证游戏成功的关键。著名的《血狮》事件就是由于技术问题导致产品失败，进而造成对国产游戏整体的质疑。

3.6.2　游戏的血肉：策划与剧情

技术构成游戏的骨架之后，游戏的具体模样仍然是模糊的，必须由游戏策划人员为游戏加入血肉，就是为游戏设计剧情、游戏方式和游戏结果，使游戏真正树立起来。

对于不同的游戏，策划和剧情的角度和重要性是不同的，大部分游戏都有一定的背景，在这个背景下发生的游戏就构成了一个个有血有肉的故事，玩家则成为这些故事的参与者。

有些类型的游戏，比如俄罗斯方块是没有情节的，它吸引玩家的核心点是游戏的模式。

3.6.3　游戏的服饰：美工与音效

绚丽的画面，优美的音乐，是吸引一个最初接触游戏的玩家的关键，进而使玩家尝试这个游戏。因此，一个游戏的技术再优越，策划再吸引玩家，如果没有好的美工和音乐，这个游戏也很难吸引到玩家。

在一个游戏中，美工需要设计所有场景的地图，设计所有需要用到的道具并设计所有的人物形象等，游戏美工还需要设计良好的操作界面，制作动画等。

游戏中的音效通常有背景音乐，与游戏相关的音效等，这些音乐、音效通常要和剧情紧密结合，从听觉的角度打动玩家。

充分发挥和整合这三个要素是游戏成功的关键。

习　　题

一、选择题

1. 下列哪项不是划分电子游戏类型的方法（　　）。

    A．丰富游戏玩点　　　　　　　B．弥补技术的局限

    C．划分玩家群体　　　　　　　D．让玩家更容易掌握新游戏

2. 下列哪项是游戏区别于电影的类型范式（　　）。

    A．主题　　　　　　B．游戏规则　　　　　　C．故事情节　　　　　　D．视觉风格

二、填空题

1. ＿＿＿＿＿＿就是按照一定规则进行的交互式娱乐行为。

2. 游戏类型按照基本分类大致可以分为：＿＿＿＿、＿＿＿＿、＿＿＿＿、＿＿＿＿、＿＿＿＿。

3. 游戏的特点包括＿＿＿＿、＿＿＿＿、＿＿＿＿、＿＿＿＿、＿＿＿＿。

4. 游戏开发的三大要素是＿＿＿＿、＿＿＿＿、＿＿＿＿。

三、简答题

1. 以一款游戏为例对其进行本质分析。

2. 作为一名游戏策划人员，如何运用游戏内容体系。

3. 以流行分类为标准，举一个有代表性的游戏加以分析。

第 **4** 章
玩家需求分析

主要内容：
* ※ 人类需求的层次划分
* ※ 玩家的需求
* ※ 玩家的行为和期望
* ※ 玩家需求对游戏的影响

本章重点：
* ※ 玩家对游戏的需求
* ※ 玩家需求对游戏的影响

学习目标：
* ※ 了解人类需求的层次和玩家对游戏的需求
* ※ 清楚玩家需求对游戏的影响

任何一款游戏都是为玩家设计的，喜欢这个游戏的玩家越多，也就证明这个游戏越成功。因此，游戏设计人员花费了相当多的精力了解游戏玩家对电子游戏的需求，如果能找到以前没有尝试过，但肯定会让玩家兴奋的东西，是游戏设计人员最高兴的事情。

如果找不到新鲜的东西，游戏设计人员只能把以往游戏中好玩的创意改头换面，再次加入到新游戏中。当然，玩家之前喜欢的东西，在没有厌倦之前仍然会很喜欢，但很难像原来那样有激情。

在游戏的设计阶段，不要指望游戏玩家能提供真正有益的建议，玩家可以判断一个游戏是否好玩，但是他们并不能表述清楚哪些东西比较好玩，哪些东西是这款游戏成功的关键，只有游戏设计人员具有提出游戏创意的能力。

从学习游戏设计的目标出发，我们需要研究原来的成功游戏，一个方面是新的游戏要建立在原有基础之上；另一个方面只有分析原有的游戏，游戏设计人员才可以找到玩家愿意尝试新游戏的原因，找到他们被这些游戏长期吸引的原因。

4.1　玩家的需求

游戏为玩家提供一个虚拟的空间，满足玩家的精神需要。

4.1.1　体验

1．情感体验

玩家在玩电子游戏的时候也在寻求付出情感。比如《Doom》带给玩家的刺激和紧张。有时一些游戏带给玩家的情感很复杂，在游戏《Steve Meretzky's Planetfall》中，当玩家的机器人伙伴为了玩家而牺牲时，玩家就会悲伤、遗憾和失落。大多数游戏仅仅局限于面对冲突时的兴奋、紧张，完不成任务时的失望以及获得成功时的喜悦和成就感。玩家想要的是游戏带来的感觉，这感觉不一定是积极的和幸福的，人们希望能从游戏中获得更多、更复杂的感受。

在《Planetfall》游戏中，悲剧故事交织在游戏中，设计者 Steve Meretzky 挖尽了所有的伤感，留在玩家记忆中的尽是悲情。游戏设计者聪明地把精力集中在兴奋和成就感以外很少被挖掘的感情领域，取得了巨大成功。

2．幻想体验

例如，许多人对汽车驾驶有着强烈的兴趣，对 F1 比赛充满了期待，总想亲自驾驶赛车在赛道上飞奔。现实环境中，这样做会充满各种危险。游戏为玩家提供了一个不带有任何风险的虚拟环境，既满足了玩家的某种体验，又满足了玩家的安全需要。事实上，大部分的娱乐形式都离不开体验这个核心。

很多教育家批评电子游戏脱离现实社会，事实就是这样的，许多人想要进入一个比现实社会更为精彩的虚拟世界。电子游戏比起其他的艺术形式更容易让人投入，在游戏中，玩家有机会真正成为更辉煌的人物，控制虚拟的冒险家、剑客或者魔法师。一个设计良好的游戏，玩家能够真正有机会过上幻想的生活，而且这些幻想的生活肯定没有现实生活中的种种枯燥，比如吃喝睡觉这样的琐碎事情。电子游戏创造了一种剔除枯燥细节的"纯洁生活"。

电子游戏的特点使得一些在现实生活中不可接受的极端体验都可以在虚拟世界中实现，动作游戏允许玩家扮演成战士、罪犯，或者进行犯罪，这样的行为由于受到禁止而很有诱惑力。在现实社会中，人们往往会带着假面具生活，在游戏中，玩家可以毫无顾忌，发现自己的真性情。

4.1.2 交流

游戏的交流功能,可以很好地满足玩家的社交需求。我们知道,人类的社交需求包含三个方面:社交欲、归属感、情感欲。这些内在的需求,玩家在游戏中都会得到很好的满足。

1. 交流功能是游戏的基本功能

游戏可以满足玩家的社交需求。比如小孩子玩捉迷藏的时候,必然是好几个小孩子一起玩,打牌、下棋的时候,不但玩家兴趣很大, 就连旁观者也能得到很大的乐趣, 游戏本身就是一种社会性的活动,大家通过游戏进行交流,电子游戏也是如此。

对于单机游戏来讲,虽然玩家面对的是计算机,但是计算机实现的功能则是试图模拟一个虚拟的社会场景。在这个场景里,玩家在和计算机模拟的人物交流,但是其内心意识中还是把模拟人物当作真实人物进行交流。电子游戏的玩家可以随意开始或者停止游戏,游戏中包含的是人类行为中好的、有趣的东西,而不是真实生活中的好坏掺杂。从这个意义上讲,单机游戏确实存在非社会性的一面。

对于多人游戏,社会交流的特点非常明显,比如在玩联众棋牌的时候,每个人都清楚地知道他正在和远程的另一个真实人物比赛。又比如对于网络 MUD 游戏,每个角色的喜怒哀乐,都和真实的人密切相关。

在游戏中,玩家归属感的获得来自两个方面,一方面来自于游戏本身,玩家在玩游戏的时候,其思维在游戏提供的虚拟空间中,与游戏中的 NPC 人物处于同一时间和空间之中,并且处理同一主题,会很容易得到一种归属感。另一方面,归属感来自玩同一款游戏的朋友。在现实生活中,玩家往往形成一个固定的群体,彼此进行交流,有着共同爱好或明确的主题,很容易给玩家带来归属感。

玩家的情感欲在单机游戏或网络游戏中会以不同的方式获得。在单机游戏中,有剧情的感观类游戏的设计重点是为玩家提供情感交流的情节设计,如《仙剑奇侠传》中赵灵儿的设计。网络游戏中获得情感的途径更为直接,每个网络游戏中的角色后面都是一个真实的玩家,网络游戏的交流实际上是两个真实的人通过角色进行的交流,这种情况下,就为情感的产生提供了可能性。

2. 不同的游戏形式,体现的交流形式不同

不同的游戏形式,其交流的程度和形式是不一样的。例如对于 FPS 游戏的《Quake》来讲,由于游戏的强度高,动作快,玩家为了取得胜利、避开死亡,就没有充分的时间相互聊天,只有在死亡之后,或者躲在某个角落当中的时候,才可以彼此通过游戏的聊天功能进行交流,但也只是非常简单的词句。在战斗中发送消息,玩家是为了表现或炫耀其高超的技艺。有些时候,FPS 游戏提供了组队模式,这时玩家之间的交流就转变到现实世界中了。

最能表现电子游戏提供的虚拟世界交流通道的,还是目前比较流行的网络角色扮演型游戏,即网络游戏。这种游戏一般是非动作类型的游戏,节奏比较慢,玩家扮演游戏中的某种角色在游戏中闲逛,与其他人扮演的角色交往,因此游戏中最为重要的就是与其他玩家的交流。MUD 就是这种网络游戏的最初形式,这种游戏形式是在 20 世纪 80 年代随着互联网发展起来的。MUD 是一种纯文字游戏,其中包含多种冒险游戏的特征,虽然游戏内部设置了很多难题和任务,要求玩家解决,但是很多玩家花费大量的时间相互聊天、交流和扮演角色,解决问题,完成任务反而成为不那么重要的事情。这种匿名的交流方式是网络游戏中一项非常重要的功能,而且非常有特色,因为游戏提供了虚拟背景和虚拟角色。

现代的网络游戏,提供了更为丰富的界面,在网络游戏中,人们是以其他人扮演的角色为对手,这是任何人工智能所达不到的真实感,人们面临的挑战是不可预知的,因而更具吸引力。事实上,网络游戏能带来的经验和现实社会的经验是非常相符的,网络游戏就是一个虚拟的小社会。

除了这些通过游戏进行的直接交流之外,游戏玩家也组成了一个小的社会团体,他们之间可以通过其他形式,例如网络论坛等进行交流。

3. 情感交流是游戏交流的重要内容

所有的娱乐形式都有共同的特征,就是从感情上与人们进行共鸣。

第 4 章 玩家需求分析

国内著名的 RPG 游戏《仙剑奇侠传》就是一个典范，玩游戏的人，很多就是为其中曲折的剧情、深厚的感情所打动，悲剧性的结尾给玩家留下深深的遗憾，一种无助的失败感。很多人都认为这样的游戏过于伤感，但确实达到了游戏设计者的目的。

除了从艺术角度给玩家留下缺陷美之外，游戏还能给玩家更多、更丰富的体验。比如 Doom 能给玩家带来紧张和刺激，以及直接的感情宣泄，网络游戏中，玩家甚至可以实现和其他玩家的虚拟感情体验，包括友情、爱情、忠诚和背叛，这种感情体验有时候甚至影响到现实世界。

感情范围不是电子游戏所能提供的，电子游戏只是提供了一个背景和通道。玩家想要的是游戏带来的感觉，这种感觉不一定是积极的或者幸福的，在有些游戏中，比如传统的街机游戏，不管玩家水平如何高，最终还是游戏击败玩家，给玩家挫折感和失败感，然而玩家却不会轻易放弃。因此，玩家所得到的感觉应该是复杂的，并不是只有成就感才可以吸引玩家，或者说轻易得到的成功，对于玩家也没有意义。因此，游戏设计人员应该把精力放在扩展游戏的各种感情经历上，集中带给玩家一种艺术体验，一种特殊的感情体验。

4.1.3　挑战

玩家自我实现的重要手段就是在游戏中为自己设计目标，进行各种各样的挑战。并在自我实现的创造性过程中，产生出"高峰体验"。人类的天性之一就是证明自己更有能力和更强大，一个游戏如果能提供足够的挑战性，人们玩这个游戏的愿望必然更为强烈。

很多单机游戏事实上就是这么设计的，无论是动作类的，还是智力型的，这些游戏能让玩家面临不同的关卡，从容易到困难，玩家只有不断提高自己的技巧并开动脑筋，才能解决一个又一个问题，在这个过程中玩家得到乐趣。

4.1.4　成就

很多游戏通常会设立排行榜，设立排行榜一方面能够满足人们的成就感；另一方面能诱惑玩家反复玩游戏。这种方法在最早的街机游戏中最为常见，到了网络时代，网络游戏中的排行榜或者类似的排名，也是吸引众多玩家的一大因素。

在当前的网络游戏中，很多玩家在一个阶段里，只是无聊的"练级"，甚至使用外挂等辅助软件，就是为了获得一个高的级别，能够向其他用户炫耀，获得一种成就感。

4.2　玩家的行为

1．移动

移动是一切玩家行为的基础。这种移动是有限制的，不能超出游戏世界观的范围。所有的玩家均被限制在一定的活动空间内。例如 RPG 中的世界地图，总有一个边界。移动的顺畅与否，对游戏的成功至关重要。著名的动作游戏诸如《Mario》、《波斯王子》等的操作都具有非常好的流畅性，堪称终极手感。

游戏中人物的移动方式也应该有其招牌特色，例如 Mario 的跳跃，蜘蛛侠的爬上爬下，雷曼的直升机式浮空等。这其中的原则是，游戏中的移动方式必须超越正常人的范围（试想一下现实中有谁可以进行 Mario 的跳跃方式），只有这样才值得玩家进行体验。

2．求生

求生是人类最基本的本能。玩家最不希望看见的就是游戏结束。因此，一旦在游戏中遇到挫折，玩家会施展浑身解数自救。如果在一段时间的挣扎后能够找到一条生路，玩家会感到无比欣慰。求生的时刻是最能体现游戏戏剧性的时刻。在这个时刻起作用的通常是某种形式的"逆转"。如玩《俄罗斯方块》时，就是因为在最后关头出现一个戏剧性的方块使玩家绝境逢生。近年来，随着 CG 技术的发展，产生许多诸如《钟楼》、《零红蝶》等专门以逃生为主题的恐怖游戏，这些游戏具有极鲜明的戏剧特征，玩的过程就如同在观看一部电影。当然，在动作游戏中更加常规的做法是给予主人公数次生命，即复活的机会。这给技术较弱的玩家留出了继续游戏的余地。

3．探索

哲学家认为人最大的欲望在于对周围事物的好奇，探索正好可以帮助玩家充分理解游戏的世界观。探索可以有很多形式。例如即时战略游戏中的阴影遮盖系统、RPG 游戏中散布于迷宫各处的宝箱等。曾经在日本销量第一的 RPG 游戏《探险道》，游戏的目的就是探索未知，还有著名的《大航海时代》系列。

4．洞察

洞察的重点在于寻找眼前事物的规律，从而找到解决问题的方法。挑战玩家的洞察力，体现在游戏中的解谜部分，成为很多游戏尤其是解谜类游戏引人入胜的关键。洞察必然需要推理。如 Windows 中的扫雷游戏，这里面就有最简单的数学推理。在著名的《神秘岛》系列中，玩家要面对大量的谜题。大多数的洞察只体现在空间层面，Capcom 公司推出的《逆转裁判》系列独创的证言问讯系统，将时间与空间的双重推理发挥到了极致。

5．扮演

玩家总是把自己想象成游戏中的主角。这种角色扮演的特征在 RPG 类游戏中最为突出。这类游戏中的主角通常没有个性或者个性十分大众化，这样有利于玩家得到最真切的置入感。例如任天堂的经典角色 Mario，没有人知道他的性格怎样，但他赢得了所有玩家的高度认同。可见，游戏的主角只是一种傀儡或者空壳，其灵魂需要由玩家填充。这是游戏与传统艺术的主要区别。

6．表演

玩技高超的玩家往往在玩家群中具有较高的地位，受人钦佩，正如篮球有表演赛一样。很多游戏越来越注重玩游戏过程中的表演性质。一次成功的表演需要两个必要的因素，即游戏系统本身的华丽性和玩家精湛的游戏技巧。表演行为经常发生在电子竞技类游戏中，以街机游戏和联网对战游戏为代表。如《首领》中令人眼花缭乱的弹幕，《KOF》中令人炫目的COMBO（连续技），《FIFA》中一记精彩的凌空射门……都具有充分的表演性，达到游戏美学的极高境界。

7．积累

积累行为的重点是所拥有道具的数量。它是随着游戏进程的发展同步进行的一种量的积累。在传统 RPG 游戏和 MMO 网络游戏中，"打怪练级"是最基本的积累方式。玩家通过不断战斗积累大量的经验值，换取级别或能力的提升。在《资本主义》等模拟经营类游戏和《大富翁》类游戏中，玩家的首要目标就是对金钱的积累。在射击类游戏中，玩家击落敌机换取分数，这也是一种积累。这些积累是显示的，即积累的结果可以通过数值在屏幕上直接显示。玩家从这些增长的数值中得到优越感。积累行为必须遵守的重要原则是：量变必然导致质变。玩家经过一定的升级，必须获得新的能力或是使原有的能力得到加强。一成不变的积累是不会让玩家感兴趣的。此外，积累的效率应该随着游戏进程进行调节。

8．收集

玩家总是将游戏中的各种道具视为自己的虚拟财产，并且对各种隐藏的、稀有的道具趋之若鹜。日本的游戏往往对收集特性极为看重。这方面比较有代表性的有《口袋妖怪》系列和《游戏王》系列等。这类游戏通常没有什么情节，数以百计的怪兽宠物、道具、卡片却让全世界的玩家为之疯狂。在网络游戏中，玩家之间可以进行交易，大大拓展了玩家收集的渠道。

9．部署

大型游戏具有较高的复杂性，呈现给玩家的数据非常多。例如《三国志》中随着游戏进程的发展，玩家拥有的武将和城池越来越多，这就需要玩家具有一定的部署能力对游戏中的各项资源和数值进行分配。SLG 类游戏是这方面的典型代表。与部署行为相对应的是游戏中始终处于活动状态的数学模型，玩家输入的指令转化为对数学模型的各种操作。建立数学模型不需要太多的人工智能，但是其严密性与复杂性的尺度却显得相当重要。数学模型对于玩家来说是透明的，玩家并不了解其中的各种数学公式，而是根据自己的经验作出直觉性的决策。如《三国志》系列、《资本主义》系列等。

10．博弈

游戏中总是伴随着人机对抗。这种人机对抗主要体现为一种博弈行为。棋牌类游戏是博弈行为的原始形态。我们可以在各种游戏中发现博弈行为的影子，如 RPG 游戏中，各种魔法道具的属性相生相克，可以理解为一种博弈；对战类游戏中，上中下三段不同程度的攻击与防御可以理解为一种高速的实时博弈；战略类、经营类游戏，则更是一种建立在复杂数学模型基础上的宏观博弈。博弈双方的行为应该是可预测的。在游戏中，玩家的行动被抽象成了按键指令和指令组合。

11．冒险

一路顺风的游戏过程必然使人昏昏欲睡，一旦加入冒险要素，游戏就会显得具有挑战性，更加刺激。冒险的主要特征是它的随机性。纯粹的冒险应该体现在博彩类游戏中，如《猜拳》，玩家的命运完全或基本决定于一种随机性，这种随机性很好地模拟了真实，构成了强烈的刺激。传统的 RPG 讲究踩地雷的遇敌方式，就是利用了这种随机性的冒险因素。《Diablo》推出随机迷宫，《文明》支持随机地图，都是很好的例子。

12．学习

学习是人类的本能，玩家需要在游戏中学到知识。如果玩家在游戏中没有学到东西，他将很快对这款游戏失去兴趣。玩家所学到的东西将转化为一种直觉，并反映在他的下一次游戏中。好游戏的标准是"易于上手，难于精通"。这就要求玩家在游戏中的学习门槛较低又具有一定的深度。比如在《CS》中，初学者不用对各种武器装备的性能指标有所了解就可以上阵杀敌，玩久了就会对各种武器的差异有所分辨，逐渐达到精通的层次。

13．破坏

破坏行为是人们对现实不满的最直接发泄。在游戏中满足玩家的破坏欲，也是吸引玩家的一种极好方式。被破坏的往往是一些反面的东西，比如敌人的碉堡、迷宫的围墙等，它们象征着现实生活中的种种障碍和挫折。广义地来讲，在游戏中杀人、撞车……乃至网络游戏中的 PK 等都是破坏欲的体现。玩家将眼前的事物破坏，会得到极大的满足感。这其中著名的例子有《DOOM》系列，《暴力摩托》系列等。当然，游戏中的破坏行为也要有一定的尺度，不能超过人们的道德评判标准。

14．创造

在满足破坏欲的同时，玩家也期待着创造。毁灭旧事物，创造新事物是人类永恒的理想。在《模拟城市》中，玩家可以创造心目中的城市；在《发明工坊》中，玩家可以创造千奇百怪的道具；在《模拟人生》中，玩家甚至可以创造自己理想的人格。成功的创造过程需要完美的自由度，喜欢创造的玩家不希望自己的创造受到限制。这就要求游戏的开发者对游戏的世界观有合适的把握。玩家的创造行为必须遵守的一条最为重要的规则是，任何新事物的创造都意味着旧事物的消亡。盖高楼大厦需要推翻原来的建筑，制作道具需要用掉珍贵的原料，这是最基本的原则，也是玩家创造行为的游戏性基础。

15．聊天

在游戏中，玩家与 NPC 角色或真实角色进行各种方式的交流，语言交流是比较直接的交流方式。单机版的语言交流一般都固定在游戏的对白中。玩家虽然没有进行真实的对话，但是有一种与NPC角色交流的错觉。在网络游戏中，以聊天方式进行交流是玩家产生乐趣的重要途径。网络游戏的聊天比单机版的聊天更真实，网络游戏的聊天是玩家之间的直接交流。

16．组队

组队行为是网络游戏的重要功能，在目前国内运营的网络游戏中，以各种方式进行组队是游戏提供的重要功能。玩家可以通过组队在游戏中获得一种归属感，并通过对所在战队的归属感，间接的产生对游戏的认同感，增加游戏的黏度。

4.3 玩家的期望

一旦玩家进入游戏的虚拟世界，就会对游戏产生一定的期望，如果游戏能满足玩家的期望，玩家对游戏的反应就是正向的，认可的。游戏设计人员需要了解游戏玩家的期望，尽量满足这些期望，这也就是游戏设计的目标。

1．操作的一致性

玩游戏的时候，玩家需要马上熟悉游戏环境，知道可以进行哪些操作，以及不同操作对应的结果。通常，一个具体的操作应该对应一个可以期待的特定结果，比如玩家使用左方向键，在没有障碍物的条件下，游戏人物应该向左走，如果这个结果没有发生，而是发生了不可预计的结果，这样的操作就十分令人迷惑，玩家无法继续进行游戏。所以，一个游戏必须保证操作和反应结果的一致性。

操作结果必须是可预期的，如果没有发生对应的结果，一定应该存在一个合理的解释，比如存在障碍物等，如在格斗游戏中，一个玩家没有击中对方，显示结果必须是距离、躲避等玩家可以理解的原因。如果动作失败，要让玩家了解失败的原因，一切必须合情合理，如果玩家没办法发现失败的原因，比如同样的动作，有时成功，有时失败，玩家就会心情沮丧。

有些时候，游戏本身的特性决定了有些操作只有专家级的玩家才能了解失败的原因，比如有些游戏根据经验值、体力值、精神力来判断玩家是否能击中对方，失败的时候新手可能就不明白原因，认为全靠运气，丧失了对这个游戏的兴趣。这种游戏属于相对复杂的游戏。这种特性使得游戏对新手有一定的门槛，这种特性是游戏设计人员故意为之的。因此，游戏设计人员需要在吸引新玩家和黏住老用户之间进行权衡。

2．游戏环境的限制

玩游戏的时候，玩家没有办法提前知道在特定的游戏进程中需要进行哪些动作，但是哪些操作是可行的，哪些操作是不可行的，应该是直观的和可以根据经验判断的。例如，在《Doom》中，玩家绝对不会认为他可以和战斗的怪兽交谈，因为这种交流超出这种类型游戏的范围，如果在《Doom》游戏中，突然出现一个斯科蒂芬这样的怪兽，需要玩家正确回答问题才能过关，这样的设计肯定会给玩家一个非常怪异的感觉，玩家在熟悉了《Doom》的游戏规则之后，不愿意接受一个突然的、随机出现的新规则，也不愿意接受完全不熟悉的机制。

对于试图在某种程度上模仿现实世界的游戏来说，设计这些游戏环境会遇到更大的困难。对于现实社会来讲，完成一个既定的任务可以通过多种方法进行，理论上对应的模仿类游戏也应该这样。但设计人员不可能考虑到所有的情况，为所有的解决方法在游戏中提供对应的方案，这样玩家按照现实社会的直觉和经验使用一种方案解决问题的时候，就会发现行不通，就会感到气愤。

游戏设计人员的任务就是预测玩家在游戏世界中会如何操作，并保证玩家在尝试这些操作的时候能得到合乎情理的结果。

3. 玩家期望逐步完成游戏

如果玩家了解在游戏中要实现的目标，他们就知道实现目标的正确途径。最好的方式是，在实现目标的路径上提供大量的次要目标。于是，像完成主要目标一样，单独完成次要目标只能获得比较小的奖励。如果这种方法没有提供正确的反馈，并且达到目标的道路漫长而艰辛，玩家可能会以为他们的方法不正确。当游戏没有积极地提示他坚持这个方法的时候，玩家就有可能尝试其他方法。当不能解决遇到的障碍的时候，玩家会因沮丧而放弃。

4. 玩家期望能沉浸到游戏中

一旦玩家进入游戏，处于某一通关过程中，就会变得兴奋，扮演起幻想中的角色，玩家不会轻易走出这种经历。除此之外，玩家不会考虑太多的游戏界面 GUI (Game User Interface)。如果 GUI 设计得不够明晰，不适合游戏世界的艺术，就会显得很不和谐，并破坏玩家的专注性。如果一个应该走在路上的人物开始走向天空，又没有合理的解释，玩家就会意识到这是一个缺陷（Bug）。如果玩家遇到了一个难题，随后找到一个完美的解决方法，而这种方法并不奏效，玩家会再次提醒自己只是在玩电子游戏。所有这些缺点都会转移玩家对游戏的专注。每次玩家都会突然从游戏世界的幻想中觉醒并很难再次集中到游戏中。

另一个玩家专注的重要方面是他在游戏中控制的人物。大多数游戏在某种程度上都是角色扮演类型的。如果玩家控制的人物玩家并不喜欢，或玩家看不到他自己，玩家就不会那么专注。另一方面，一些冒险游戏主角的行为像被宠坏的孩子，玩家不得不看着他的人物一再做出讨厌而又白痴般的事情。每当人物说了玩家不想说的话时，玩家就不得不提醒自己这是在玩游戏。玩家为了真正沉浸其中，必须把自己看作游戏中的替代品。

5. 玩家也期望"失败"

玩家之所以玩游戏，是因为他们需要挑战。太容易取得的胜利是廉价的胜利。玩家想要输不是游戏本身的特性，而是源于玩家自己的感觉，理解这一点很重要。玩家失败的时候，他会看到本应该做的事情，并寻找失败的原因。如果玩家认为游戏通过"小把戏"或"暗算"战胜了他，他也会对游戏失去兴趣。玩家不会为了失败而责怪自己，只会责怪没有挑战性的游戏。

让玩家在游戏开始的时候尝到一点甜头，这也是一个好主意。这会让玩家沉浸在游戏之中，觉得游戏并不是很难。玩家甚至能在游戏中产生优越感，随后，困难必须逐渐升级，让玩家失败。如果玩家在游戏中过早被打败，他会认为游戏太难了。允许玩家在最初的时候赢，玩家就会知道能够成功，进而努力地克服困难。

6. 游戏的表演性

玩家不想使"尝试／错误"成为唯一的克服困难的方法，错误会引起游戏当中的人物死亡或游戏结束。玩家可以通过"尝试／错误"找到正确的方法跨越障碍，在第一次尝试的时候，玩家应该找到获得成功的方法，再把这个方法沿用到整个游戏之中。如果玩家很小心并且很熟练，那么即便是以前没有玩过游戏，玩家也可以在不丢掉性命的情况下通过游戏，也许没有玩家能够在第一次玩的时候如此娴熟，在完成游戏之前，玩家需要失败多次才能完成游戏。然而一次不死就获得成功，这对玩家理论上是可以实现的。玩家很快意识到解决问题的唯一方法就是尝试各种办法，直到其中一种奏效为止。如果玩家可以逃脱这次暗算，但他们仍感到游戏设计者目光短浅，并不存在真正好方法来避免死亡，他们同样会变得很沮丧，开始诅咒游戏，并停止在这个游戏上花费时间。

7. 玩家不期望重复自己

玩家希望游戏新鲜和刺激，一旦完成游戏中的目标，就不希望多次重复。因此，游戏设计人员设计了一个非常有趣的难题，只要它被玩家解决了，就不应该在游戏中重复出现。当然，有些情况下解决问题本身能带来乐趣，或者会给玩家不同的奖励，否则这些难题就不应该以类似或稍加改动的形式出现。

玩家如果老是在解决同样的问题，他很快就会失去兴趣。

也有的游戏本身就存在很多重复，但是这种重复是游戏独到的吸引力的一部分，例如运动类的赛车游戏，俄罗斯方块等。这种游戏其实是提供了一种比较困难的挑战，需要玩家不断重复，才能取得较好的成绩，这种游戏针对的挑战没有绝对的胜利，因此玩家不会厌倦。

为了避免重复，游戏通常提供保存和重新载入的功能，这样玩家就不用在每次死亡之后，再次从头开始。通过这个功能，游戏玩家就可以保存死亡之前的最近位置，从而可以不断地尝试，直到解决难题。

有些游戏还提供自动保存玩家经历的功能，这是一种很不错的设计。因为当玩家通过一个较难关卡的时候，往往面临着更新、更刺激的挑战，玩家很可能因为兴奋，忘记了手工保存游戏，如果在新的关卡里不幸死亡，就没有办法回到这个关卡的起始点。因此，通过设计自动保存，可以在一定的条件下，比如刚刚进入一个新关卡的时候进行保存。而且，有了自动保存玩家不必经常考虑保存进度。

8. 玩家期望能够把游戏进行下去并完成

在玩一个游戏的时候，决不允许出现玩家无法胜利的情况。很多旧的冒险游戏却以打破这个基本定律为乐。这类游戏经常出现的情况是：如果玩家在特定时间没有做特定事情，或者没有在先前的游戏进程中到某处拿一个小道具，玩家将永不可能完成游戏。问题就在于此，玩家往往要经过很长时间毫无收获的游戏之后才能意识到这一点，这样的游戏无疑是失败的。

9. 不要喧宾夺主

一个游戏，如果有了更好的修饰，比如片头动画或者真人电影，就会更吸引玩家。但是，如果过于强调这些装饰的东西，游戏本身缺乏可玩性，也不会赢得更多的玩家。

片头动画对于交代游戏，剧情、背景、任务，都是非常有用的，但是绝对不可以喧宾夺主，应该尽量简短。当然，有些游戏在通关之后也会安排一些动画，起到烘托气氛，加深游戏主题的作用，这个动画不用做得很简短。

片头动画可以有多种形式，它可以是简单的、滚动的字幕，也可以是复杂的真人演出，也可以是专门设计的动画，或者是游戏引擎本身生成的片断，具体采用哪种形式，则需要考虑游戏预算，毕竟这不是游戏最核心的东西。

4.4　玩家需求对游戏的影响

游戏设计师在设计题材时常常会考虑目前玩家所喜欢或所倾向的游戏类型和游戏玩点。游戏设计师需要了解玩家群的想法，并以此优化自己的设计方案。就主流游戏而言，设计师是一直受玩家影响的，但这类资讯过多或过杂时，设计师就会感到彷徨，所谓众口难调。玩家的意见常常是多样化的，即使针对同一款游戏，他们也会产生各种不同的看法，这时候就需要设计师进行过滤和挑选，并理解玩家提出问题的心理，这实际上是一个理解玩家需求的过程。如果设计师本身就是一个成熟的玩家，他也会从自身玩家的角度对设计进行判断，同时也能理解自己的心理需求，只是这样的了解不如多接触其他玩家来得广泛。

第一个影响设计的因素是玩家对游戏设计题材的影响，中国电子游戏的题材以武侠类居多。这是因为玩家们多喜欢古代中国侠客题材的电影、小说、电视连续剧，在这种文化影响下，电子游戏多以武侠为题材也就不足为怪了。所以，玩家的喜好首先就影响到游戏的题材，作为设计师，应该时刻注意玩家在这方面的动态，玩家的这种喜好是一直在变化着的。设计师需要经常刷新心中玩家喜好的趋势。

第二个影响设计师的因素是玩家对游戏操作的偏好，或者说是习惯。目前游戏设计中的操作方法往往延续以前的流行游戏的操作方法。如果我们做 FPS 游戏，就会找一款知名的 FPS 游戏进行参照，这种方法无可非议，从理论上讲，也是符合玩家需求的。但我们不能一味地依赖著名游戏的设计，应该好好研究玩家在操作上的需求，一款游戏热卖并不代表该游戏的操作方法就是完美的，就是可以完全模仿的，从玩家的真实需求出发得到的答案才是真正有保证的。如目前很多网络游戏中存在着快捷键方式，如果游戏的目标用户是一些对键盘并不熟悉的人，这就需要设计师调整快捷键的摆放位置，甚至取消快捷键的设计，改用其他玩家使用起来更舒服的设计。

第三个影响设计的因素是玩家对游戏制作技术的要求，玩家和其他商品购买者一样，有追求最新技术潮流的欲望。在 2D 游戏时代，如果推出一款 3D 游戏就会引起轰动，即使是很不成熟的 3D 游戏，玩家认为自己应该玩到采用了新技术的游戏，这就使得设计者加快步伐研究更加成熟的新技术并运用到游戏中。很多游戏中所谓的新技术卖点也正是为了满足玩家的这一追求。究竟该不该追捧新技术，是一个仁者见仁，智者见智的问题。

第四个影响设计的因素是玩家对游戏内容的需求，这个内容是指玩家对游戏的期待。举个例子，如果一款以欧洲中世纪为题材的骑士游戏，在游戏中不出现恶龙是让人无法想象的，这是一种对游戏内容的期待。实际上，设计师总是在考虑往游戏里加一点东西，至于这个东西是不是玩家所需要的，却很少考虑。玩家对游戏内容的影响也会引发一些对设计师错误的引导，比如，玩家爱看漫画里的青春美少女，也有游戏把女主角描绘得非常美丽，但如果这种美少女出现在不该出现的游戏里，或者其外观达不到玩家的要求，那么这将成为游戏的硬伤。与题材一样，玩家对游戏内容的渴望是在不断改变的，目前的青少年玩家对美少女一类的角色希望程度远远低于冷酷的帅哥类角色，这就是一个需求的迁移。如果我们不正视它，就会遭到玩家的指责。我们在讨论玩家需求时往往查看调查数据，并做一些心理需求分析，但我们更应该融入到玩家当中，听听他们在想什么，了解流行文化。如果我们能做到这些，我们做出的游戏就会引起玩家的兴趣和共鸣。

小　　结

纵观新作迭出的国产网游市场，在一片繁荣中，真正照顾到玩家需求的作品却凤毛麟角。究其原因，是现在不少研发公司一味单纯以商业利益为重，没有真正用心替玩家着想。

期望重点之一：外挂——你是不是该安静地走开。

关于游戏的耐玩性，无外挂得到了压倒性的认同，有超过 4 成的玩家最不希望见到游戏中出现这类破坏公平的工具。

目前多数网游都强调多样化装备系统，对玩家来说已非耐玩的关键点，仅获 7% 的票数支持。单纯以极品装备吸引玩家的传统韩式网游，其市场份额正在逐渐缩水。

期望重点之二：职业多样——三百六十行，行行出状元。

在游戏设计方面，半数以上的玩家选择了职业相关的选项，其中职业的丰富多样及强弱平衡分别占 26% 和 25%。

仅有 2% 的玩家在此项中选择了最希望游戏多加强入门教学。可见现在的玩家在面对新游戏时已有了相当高的自我摸索能力，像 EQ 这样的优秀欧美作品在中国水土不服，并不仅仅是因为其上手难度过高，文化认知上的差异才是其失败的最大根源。完全依托古代文化，对中国功夫、服饰、饮食、江湖文化等尽皆加以诠释的民族网游，才是玩家最为期待的作品。

期望重点之三：背景音乐——要对得起自己的耳朵。

尽管目前有数款世界级大作，如《魔兽世界》、《EQ 2》等都以 NPC 会讲话为宣传点，但仅有 14% 的玩家重视 NPC 的语音；高达 45% 玩家在听觉方面真正注意的是游戏的背景音乐。人与人之间的互动才是网络游戏最吸引人的地方，背景音乐的好坏则直接影响到玩家的心情。

纵观以上观点可以看出，如果游戏重视玩家的期望，能最大限度地满足玩家的需求，就能吸引玩家，留住玩家。

一、填空题

1．玩家对游戏的需求包括_____、_____、_____、_____。

2．玩家对游戏的重点期望是：_____、_____、_____。

二、简答题

1．分析人类需求和玩家需求的联系。

2．以一款游戏为例，找出在游戏中玩家的具体行为。

3．简要概述玩家的需求和期望在游戏开发决策过程中的位置。

4．作为游戏开发人员，如何处理玩家期望和游戏制作之间的关系？

5．简述作为玩家，你对游戏有什么期望？

第 5 章
文档编写要求

主要内容：

※ 游戏设计文档的编写要求及其作用
※ 常用工具及软件
※ 游戏策划文档的编写误区
※ 游戏策划的基本素质

本章重点：

※ 游戏设计文档的重要性及编写误区
※ 游戏策划的基本素质

学习目标：

※ 了解游戏设计文档的编写要求和误区
※ 熟悉常用工具及软件
※ 了解游戏策划的基本素质

提供设计文档的必要性是游戏越来越复杂，游戏开发队伍越来越庞大。在早期的游戏开发小组中，一般都有一个多才多艺的人，这样游戏开发文档的作用并不重要，如果1人就能设计出游戏方案并加以实现，那么编写设计文档就并不重要了。

当开发团队由1人发展到5人，由5人发展到10人、20人甚至更多人的时候，保持游戏设计核心内容的一致性就显得越来越重要了。随着人数的增加，开发组的成员分工越来越明确，为了确保所有开发人员能够理解游戏的目标，使开发人员的工作符合游戏的设计，就需要使用参考文档。因此，在游戏设计和开发过程中，使用了大量的参考文档，比如设计文档、艺术文档、技术设计文档等，用这些文档指导游戏的具体开发和创作。

设计文档是使设计不偏离主题的一个重要手段，能够防止游戏设计人员的设计偏离主题，在游戏变得更为复杂的时候，把游戏的思路和情节写下来是非常必要的。

好的文档不但有助于游戏开发，而且对于游戏设计本身的提高也是有益的。在编写文档的同时，游戏设计人员可以围绕其基本想法进行更深层次的思考。当然，在文档上浪费太多的时间也是没有价值的，而且过多的文档对游戏开发工作没有实际意义。

5.1　游戏设计文档

游戏设计文档的重要性

在现代的商业游戏开发中，开发团队常常由20～50人组成，投入上百万的资金。必须遵守游戏的最终发布日期，保证游戏在规定的时间上市。再也不可能用"试试看"的方法开发游戏了。这些游戏有好几百兆的软件、动画、视频和声音文件。作为一个严肃的游戏开发公司，在开始工作之前应有已成文的设计文档。

游戏设计的一个关键部分是将设计传达给开发团队的其他成员。实际上，很多信息的传递不是通过设计文档本身，而是通过团队会议、闲谈等实现的。但是，这并不意味着编写设计文档没有意义。设计文档记录做出的决策。更为重要的是，编写文档本身就是一个将模糊、未成形的想法转变成明确计划的过程。如果游戏某个特性在文档中没有描述，那说明它被忽视了，开发人员也许会将它自由发挥，更糟糕的是，团队中的每个成员都朝着不同的方向前进。

5.2　常用工具及软件

对于游戏设计人员来讲，很多的现代软件工具对他们非常有用。由于习惯的不同，游戏设计人员会选择不同的工具软件，但这些类型的软件显然都是必备的工具。

1．文字及表格处理工具
（1）Word。文字处理软件Microsoft Word，用于制作设计文档和产品文档（见图5-1）。
（2）Excel。Excel用于制作表格及各种图表等。
（3）PowerPoint。PowerPoint用来做演示文档。

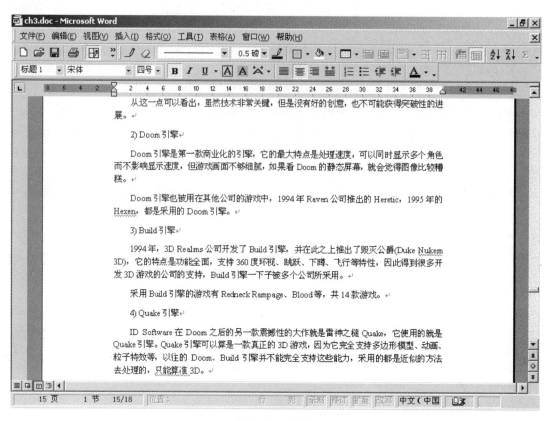

从这一点可以看出，虽然技术非常关键，但是没有好的创意，也不可能获得突破性的进展。

2）Doom引擎

Doom引擎是第一款商业化的引擎，它的最大特点是处理速度，可以同时显示多个角色而不影响显示速度，但游戏画面不够细腻，如果看Doom的静态屏幕，就会觉得图像比较糟糕。

Doom引擎也被用在其他公司的游戏中，1994年Raven公司推出的Heretic，1995年的Hexen，都是采用的Doom引擎。

3）Build引擎

1994年，3D Realms公司开发了Build引擎，并在此之上推出了毁灭公爵(Duke Nukem 3D)，它的特点是功能全面，支持360度环视、跳跃、下蹲、飞行等特性，因此得到很多开发3D游戏的公司的支持，Build引擎一下子被多个公司所采用。

采用Build引擎的游戏有Redneck Rampage、Blood等，共14款游戏。

4）Quake引擎

ID Software在Doom之后的另一款震撼性的大作就是雷神之槌Quake，它使用的就是Quake引擎。Quake引擎可以算是一款真正的3D游戏，因为它完全支持多边形模型、动画、粒子特效等，以往的Doom、Build引擎并不能完全支持这些能力，采用的都是近似的方法去处理的，只能算准3D。

图5-1   Word文档

2．图形图像处理工具

（1）三维软件包。如Maya、3Dmax（见图5-2）、Lightwave、Mirai。

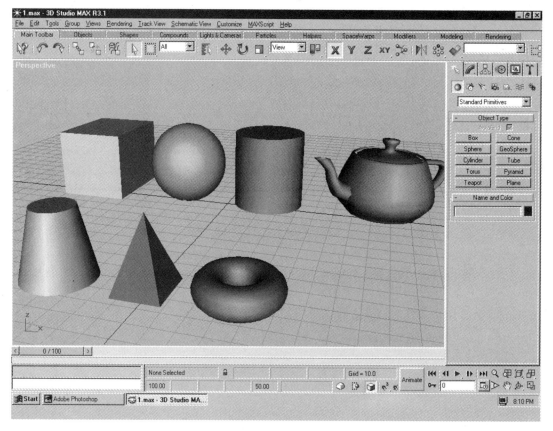

图5-2   3Dmax

（2）用于画流程图的工具软件。如 Visio（见图5-3）。

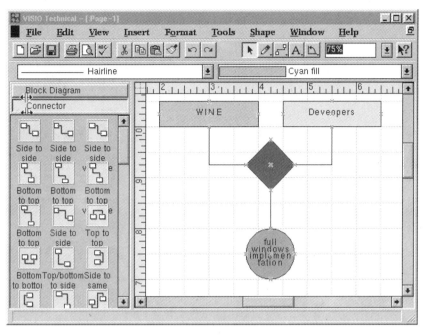

图5-3　Visio

（3）用于处理材质及其他图像的工具。如 Photoshop（见图5-4）。

图5-4　Photoshop

3．引擎编辑器及脚本语言工具

（1）游戏引擎的编辑器。如 Unreal 和 Radiant 等系列（见图5-5）。

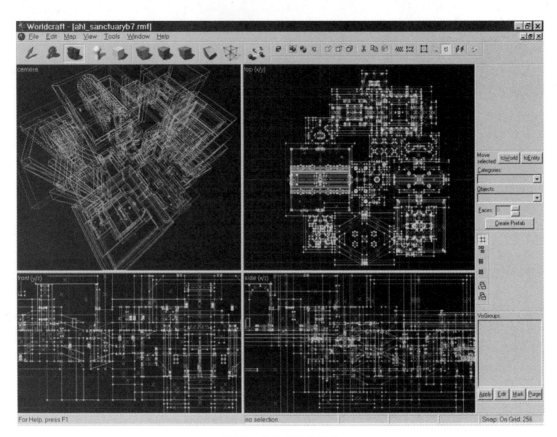

图5-5　游戏引擎编辑器

（2）脚本语言。如 Python、Visual Basic（见图 5-6）、JavaScript。

图5-6　Visual Basic

5.3　策划文档的编写误区

　　游戏设计文档并没有行业标准，这也从侧面表现了这个领域还没有完全发展成熟，还远没有成为一个标准化的艺术形式。有些类型的游戏，比如 FPS 游戏，其设计文档相对比较标准，这是因为这种类型的模式基本上比较清楚和确定。如果游戏设计人员希望有所突破，在其中再加入一些特别的游戏机制，比如加入 RPG 的机制。不同类型的游戏，其设计文档的风格是不同的，比如 FPS 和 RTS，很难使用完全一样的形式表达这两种不同的游戏。说到底，游戏设计文档是要把游戏设想传达给阅读文档的人，只要能够把这些东西表达清楚，用什么样的形式都是可以的。未来的游戏开发必然往正规化发展，设计文档的重要性也越来越大。

因此，这里举出一些编写设计文档的误区，用这些反面典型告诉设计人员应该如何避免出现类似问题。

1. 编写过于简单

有些设计文档过于简单，这个简单一方面是指内容非常少，就目前游戏的复杂性而言，一个真正的设计文档需要四五十页的内容。另一方面是指文档中包含了过多没有太多含义的词语，比如"游戏将很有趣"、"反应会很激烈"这些毫无意义的描写，以及进行了很多与其他游戏的对比，比如"这里像超级玛丽"或者"这个游戏的控制方法比较类似于 Quake"等。

文档中可能花费了大量的篇幅和时间讨论游戏的背景故事，这些背景故事往往很单调、很乏味，和游戏的关系也不大。文档中也可能花费了很多时间讨论系统菜单的设置，很多模型被建立起来，各种选项被详细列出，而各种选择会如何影响游戏却很少具体描写。系统菜单不是游戏设计中的重点，应该首先确定的是系统本身。

2. 过多描写背景故事

有些设计文档的内容多达百页，但其中大部分内容描写背景故事。这些内容使得文档更类似于一个背景故事书。这些文档经常犯的一个错误是目录比较简单，并且缺乏索引，玩家很难查到需要的信息。设计文档的目标之一就是为开发团队服务，比如程序员需要查找敌人的 AI 应该达到哪种程度，美工需要了解游戏某一区域的具体描述等，如果他们没有找到这些信息，就只能自己编造。

总体来说，设计文档是一种应用文体的参考资料，如果团队没有办法很好地获取信息，设计文档也就没有意义了。对于故事背景书这样的设计文档，这些文档中根本就没有游戏操控方面的信息。游戏中角色的历史、朋友、父母、兄弟等细节都有描述，可能是非常有趣的故事，但是开发团队最后还是不知道游戏到底是怎样工作的。

因此，这种背景故事书是有用的，但是有必要在此基础上编写真正的游戏设计文档。

3. 过于繁琐

有些设计人员认为，他们能在设计文档中描绘游戏的所有细节。例如，游戏中有一些角色要在游戏环境中进行走动、坐下和起立、相互交谈和休息。文档应该在 AI 部分描写这些行为。过于详细的文档可能会把这些分解成非常细的动作，从坐到站，从站到坐，随意站着，用手势交谈等。这些内容是没有必要的，因为优秀的美工人员可以比设计人员更好地将这些动作进行分解。有些设计人员甚至将草图画出来，这些草图只能对美工进行约束，造成负面影响。

设计文档应该限于对游戏操控进行描述，不应该进入艺术方面。

另一个问题就是所谓的"游戏平衡数据"，就是游戏中武器、物品和角色的实际属性值。设计文档应该列出武器和角色应该有哪些属性，同类型物品之间的比较等。比如，一个武器可能有射程、精度、射击次数以及射击速率等属性，以及同类型武器之间的比较，比如"与步枪相比，双筒猎枪射程短，准确性低，但能造成大面积杀伤"。然而，在设计文档中列出具体的属性值没有太多的用途。这些具体的属性值，可以在游戏开发过程中通过设置不同的值进行尝试再做决定，在前期没有办法实验的时候就写出大量的值，是一种浪费。

当然，游戏平衡的原则在设计游戏的时候还是要遵从的。比如，战胜的敌人等级越高，玩家所获得的经验值也就越高。玩家的级别越高，提高级别所需要的经验值也就越高。但具体的数据，则可以在这个原则的指导下，在技术设计文档中确定基本算法和公式，在开发过程中确定这些公式的参数。开发的源代码也不要放到文档中，不但不要有真实的源代码，就是伪代码也没有必要。

4．过多的幻想

这些设计文档通常有创造真正杰出游戏的意图，但是作者对于如何编写游戏了解很少，对于开发游戏所需要的努力过于简单化。结果，这些野心过大的设计文档就成为毫无现实基础和无法实现的奇思怪想。

这样的设想包括"一个真实城市的模型将成为游戏的主要游戏环境，一个人工智能系统的主体模拟城市中的上百万居民"，设计人员不考虑具体的细节，如现存的计算机能否模拟上百万居民的具体形态。另外一个例子是"游戏使用一个自然语言的分析器，允许玩家输入完整、复杂的句子，角色用富有活力的对话进行回应"，设计人员根本没有考虑到自然语言的对话，是很多计算机科学家研究了几十年，还没有太多进展的科学前沿问题。

这种充满过多幻想的设计文档完全是空中楼阁式的，没有任何实现的基础，和过于简单的文档一样，它们根本没有考虑实现的细节。

5．没有及时更新

即使游戏设计文档刚开始的时候被大家认可，由于游戏本身的不确定因素，如果具体的开发人员调整了一些设计，而没有及时更新设计文档，也必然造成设计文档和实际开发内容的偏差。

如果设计文档出现了偏差，必然使开发人员从设计文档中得到的信息是错误的，不符合目前开发的现实情况，导致时间和精力的浪费，以及团队合作方面的矛盾。进一步导致开发人员之间的不信任，设计文档的意义也就被减弱了。因此，需要更改设计的时候，必须要注意及时更新设计文档。在文档中加入一些有关版本的内容，比如文档更新和审核的信息，也是非常有意义的。

5.4　游戏策划的基本素质

作为一名好的游戏策划或者说是合格的游戏策划，至少应该具备以下素质。

1．对市场敏锐的洞察力

游戏是一种特殊的商品。虽然它具有艺术性、娱乐性和高科技性，被称为"第九艺术"，但究其本质，它终归是要推向市场，作为商品进行流通的。公司投资进行游戏开发的目的，也不是单纯地为了弘扬民族文化和为国产软件业做贡献，最大的目的是通过出售游戏，回收资金并获取利润、提高企业的知名度，也只有这样，企业才能够进入良性循环。所以，一定要把游戏的制作与市场因素紧密地连接在一起。

在进行游戏设计之前，一定要考虑所设计的游戏针对哪些年龄层的玩家；针对哪种水平的玩家；游戏需要的计算机配置，这种配置是否符合当前的消费水平；这种类型的游戏是否有流行的可能；这款游戏是否有一些有利于市场的因素。比如用金庸小说来改编游戏，由于金庸小说的读者群庞大，就使游戏在先天上占据了优势。游戏能否和硬件厂商合作进行开发（与硬件厂商合作，就意味着游戏一般会脱离当前流行的机器配置，采用比较超前的硬件）。游戏策划一定要关注当前国际游戏市场上备受好评的游戏，尤其是采用了新构思的游戏或者是新类型的游戏。

2．要能够充分了解玩家的心理

游戏是让玩家来玩的，玩家对游戏接受与否，决定了游戏的成败。游戏策划在进行游戏设计时，一定要把玩家的心态作为一项重要的因素进行考虑。在游戏设计中，什么是玩家乐于接受的，什么是玩家难以接受的，一定要心中有数。比如在传统的RPG游戏中，没完没了踩地雷似的战斗、让人转得晕头转向的迷宫都是受到玩家指责的游戏设计方式。如果依然不顾及玩家的意见，继续在游戏中采用玩家难以接受的游戏设计方式，那么游戏成功的可能性就会大大降低。

国外一些游戏设计公司在设计阶段就会将部分设计方案公开，征求广大玩家的意见，并根据大部分玩家的统一意见修改游戏设计方案。比如日本一家公司，公开了女主人公的不同设计方案，让玩家投票选举出最符合自己审美观的一种。实际上这种做法也是游戏广告手法的一种，借此扩大游戏的影响，提高游戏的受关注程度。

3. 对游戏其他部门的工作有所了解

制作人员常用"游戏性"评价一款游戏的好坏，所谓游戏性，是一个游戏在各方面表现的总体综合值，其中包括了游戏策划、游戏脚本、程序、美工、音乐、音效等。一款出色的游戏在各方面都有出色的表现。如果将一个游戏比喻成一个人，美术将是这个人的外表；程序相当于这个人的身体机能；策划相当于这个人的内涵。

最能体现游戏特点的地方是策划，如同一个人有着自己的思想一样。一款美工精细、画面靓丽的游戏很容易吸引游戏者的目光。接下来进行的相互沟通，就是游戏中程序所起的作用，即操作能够完全被计算机忠实地执行，并且有出色的反应，游戏能顺利地进行下去。只有这样才能领略游戏的内涵部分。所以说，游戏的内涵是最能体现游戏特点的，同时又是最难让游戏者接触到的。内涵的表现极大程度依赖于美术和程序。

对于游戏，只要画面精美、程序流畅，就能够吸引大部分的游戏者，内涵倒是次要的。就如同前几年即时战略一窝蜂地大混战，模式都基本一样，最后年度最佳即时战略游戏的桂冠让《帝国时代》夺走，其突出的优点是美术好。所以，游戏设计思想的表达是建立在程序部门和美术部门的工作基础之上的。游戏设计者的设计方案一定要在程序和美工的制作能力范围之内。游戏策划必须对程序部门和美术部门的工作流程、工作步骤、目前制作能力有一定程度的了解，才能按照实际情况量体裁衣，进行游戏方案的设计。游戏设计者最好多与程序和美工进行交流。

4. 有影视、美术、文学方面的根底

在国内，游戏策划需要有影视、美术、文学方面的综合素质。因为在国内游戏制作业刚刚起步，关于游戏策划方面的工作分工极不明确。在国外，大型游戏制作公司游戏策划是作为一个部门存在的，游戏策划部门又分为很多分部门，如游戏策划部，负责游戏总体的系统；美术设计部，负责游戏中美术风格、原创方面的设计；脚本设计部，负责游戏中所有动画部分的脚本和所有事件的设计；对话设计部，负责设计游戏中人物的对话；人物设计部，负责设计具有魅力的主人公和配角形象……在国内，这些工作全部由游戏策划一个人来负责，最多两个人。所以要求游戏策划在各个方面都要有一定的造诣。从游戏的设计角度讲，这样的情况是不合理的。

国外公司，一名策划人员一般只负责自己的那部分工作，总是在从事着同样的工种。比如一名对话设计的人员，他每天的工作就是写对话，绞尽脑汁地想出精彩的对话来，至于游戏的其他部分，他是不需去想的，另外有专人负责。造成的结果就是他的专业技能得到了充分的发挥。在国内，由于游戏策划对游戏的每一个设计部分都要亲自动手，很快就会成长为一名综合性人才。

5. 能够虚心采纳别人的合理化建议

游戏策划作为一款游戏的总设计者，拥有对游戏设计思想的最终决定权，当遇到游戏设计上的分歧时，游戏策划有最后定案的权利。但这并不意味着游戏策划就有完全不听取别人意见、一意孤行的权利。相反，正是由于策划有最终决定权，他才更有必要多听取别人的意见，从中筛选出最优秀的。只要是对游戏有利的建议，又不影响游戏的整体结构风格以及在制作允许范围之内，策划就有义务采纳。如果有特殊原因不能采纳的，一定要有充分的理由。记住一点：多与别人交流总是没有坏处的。

6. 对游戏制作有持续的极大热情

许多没有制作过游戏的人总认为做游戏是一项很有趣、很好玩的工作。实际上，做游戏的过程是相当枯燥和劳累的。在制作过程中，总要遇到这样或那样的问题和挫折，当游戏上市之后，又要受到玩家的批评。这对于游戏制作者来说，是非常沮丧的。

国产游戏业的发展不是在近期内能够追赶上国外游戏制作业水平的，这需要所有游戏制作者持续不

断地共同努力。国产游戏发展的过程，也是国产游戏制作者积累经验、提高水平、磨炼自己的过程，仅凭一时的兴趣，是不可能完成这一过程的。所以对于游戏制作者来说，对游戏制作能够持续保持极大的热情，是必需的心理素质。

习　　题

1. 概述文档编写在整个游戏开发过程中的作用。
2. 谈谈游戏文档编写规范化的重要性。
3. 除了书中提到的基本素质外，你认为一个优秀的游戏策划人员还应该具备哪些素质？

第 6 章
构思与创意

主要内容：
※ 游戏创意的获得方式
※ 游戏设计的主线
※ 游戏创意的制约因素
※ 游戏创意包括的内容
※ 游戏创意说明书的应用

本章重点：
※ 游戏创意的创意获得，说明书的设计和注意事项
※ 游戏创意包括的内容和说明书的应用

学习目标：
※ 了解游戏创意的产生和说明书的流程
※ 学会编写一个完整的创意说明

作为一名职业的游戏设计师，在开发一款游戏之前，是需要考虑技术方案、团队建设、开发成本等问题的，这是一个游戏设计师的基本素养。

职业设计师在规划和构思一款游戏的时候，需要从整体上考虑两个方面的内容：一是考虑游戏本身的策划内容，是游戏的构思过程；二是考虑实现游戏策划内容的必要条件，是游戏的规划过程。也就是说，一个职业的设计师不但要有良好的创意，同时还要对创意的合理性、实现的可能性进行判断，以确保创意的落实。

6.1 获得游戏创意

游戏创意可以来自任何地方，但它们不会自己出现。不能守株待兔，等待灵感的出现。创意是主动的，必须将自己置于渴求的状态寻找游戏创意。送报纸这一常见的事情就为 Paperboy 游戏提供了基本的灵感。开发人员还让游戏者打破窗户玻璃送报纸以及在自行车上躲避汽车，增加了游戏的乐趣。游戏的创意是无限的，可以进一步扩展和提炼它，游戏创意越多越好。

6.1.1 发挥想象力

很多电子游戏的娱乐性或挑战性不大，只能吸引游戏者几分钟，但更大更丰富的游戏是从一个设想开始的。如果你曾经这样想过："我希望我能……"，"想象一下这将会是如何……"，那么就已经迈出了创建计算机游戏的第一步。计算机游戏具有模拟现实的能力，但更为重要的是，它还具有模拟设想的能力，计算机游戏的设计以"我将实现什么设想"开始。也许你设想在一个充满怪物的地牢中探险，或者设想成为足球队教练，或者一名时装设计师。在做任何事情之前，必须大胆设想它、理解它、感受它。

6.1.2 从其他媒体获得游戏创意

书籍、电影、电视和其他娱乐媒体是游戏创意的重要灵感来源。

日本 Konami 公司的实况足球系列，就是受足球运动创意的启发设计的一款仿真足球运动类游戏，如图 6-1 所示。

图6-1　实况足球游戏画面

游
戏
策
划
教
程

任何含有令人兴奋的危险性动作的故事情节都可以成为游戏的核心。如 EA 公司将电影改编成的游戏《指环王》、《哈利波特》等。

即使认为迪斯尼乐园的加勒比海可以成为一个好游戏的基础，也必须获得迪斯尼的许可。但可以创建一个有关海岛的令人快乐的游戏，如 LucasArts 公司的 Monkey Island 游戏系列。

同样可以考虑常见的小说。如日本光荣公司开发的大名鼎鼎的《三国志》系列，就是以我国古典名著《三国志》为基础改编的。

国外的游戏还有以诗歌为基础改编的。深受欢迎的 The Sims 游戏就是受到了一本名为《A Pattern Language》的散文图书的启发。

游戏创意可以从任何看似不可能的地方获得。好的游戏设计人员也是到处观察，其中的技巧是开发游戏设计人员的直觉，在看似根本不像游戏的事物中寻找游戏创意。

6.1.3　从其他游戏获得创意

对游戏设计人员来说，玩游戏是很有用的经验。它给予设计人员洞察力，让设计人员比较不同游戏的特色。

要从其他游戏中吸取营养，就需要在玩游戏时多加注意。不要只是为了娱乐而玩，想想它们是如何工作的。记录下喜欢或不喜欢的东西，以及工作很好或很差的地方。

对于一个有创造性的人，其基本性就是发明以前从没有见过的全新的游戏类型。但是，出版商希望的是他们确信好销售的游戏，通常希望在已有类型的基础上做些改变，或是一种他们认为好销售的新类型。作为一个游戏设计人员，必须学会在创新欲与出版商需要大众熟悉的游戏之间做出平衡。

从其他游戏中获得游戏的创意容易使游戏的外观和工作原理相似。这是一种进化而不是革新方法。从其他游戏获得游戏创意是学习游戏及其操作的好方法。但如果只是追随，就只能设计出类似的游戏，最终只能是平庸的游戏。好游戏要进行创新，就必须敢于设想。

6.1.4　从设想到游戏

一个设想或一个创意只是游戏设计的开始，还不足以创建一个游戏。设想只是你自己所有的想象。如果你愿意，你可以纯粹为了自己的需要将它创建成计算机游戏，但大多数人没有钱这样做。计算机游戏是为他人创建的。在创建了一些游戏后，你会发现，玩你自己开发的游戏与玩其他人开发的有很不同的体验。如果你知道游戏的内容及其工作原理，其意义大大减少。这就像演员不太看自己演的电影一样，一些游戏开发人员不玩他们自己开发的游戏。如果游戏是自己创建的，其游戏体验就很不一样。在你内心深处，你知道这是一个人为的世界。

但娱乐意味着什么呢？很多人认为娱乐是快乐的同义词，但即使就是这样也不完全好懂。人们以各种方式获得快乐，一些方式包括了很艰苦的工作，例如园艺工作或新甲板的创建。而在创建给人娱乐的计算机游戏时，理解如何娱乐人很重要。为此，设计人员需要知道游戏到底是什么。

6.1.5　游戏创意案例

下面是一个基于突袭的网络游戏创意案例。

（1）设定。

1）这是一款网络游戏，主要的、基本的数据存储在专用服务器中。

2）场景 / 战役设计是开放的、可扩充的（既可以是官方的扩充，也可以是个人创作并得到官方认可）。

3）整个游戏框架只能由官方确认并公开颁布，避免目前突袭 mod 泛滥导致玩家分流，向暴雪的魔兽模式学习，有确定的竞赛版本，创造统一的竞赛平台。

4）玩家的人物和装备可以交易，并为此辅助建立一个公开、公平、公正的网络交易系统。

5）所有玩家 id 凭借其战果拥有唯一的战网积分，并以此为军衔等级基础；不同等级的玩家 id 在计算战果时有不同的加权。例如，低等级玩家 id 在战胜高等级玩家 id 时可获得大大高出的积分奖励，高等级玩家 id 战胜低等级玩家 id 则所获较少，如果失败，还有罚分。以此鼓励低等级玩家 id 群体有挑战的勇气和动力，高等级玩家 id 群体则较少参与对低等级玩家 id 的屠杀。

6）在逐步完善的规则体制下，建立职业联赛，逐步走向电子竞技的前沿。

（2）游戏背景仿照突袭，采用当今政治因素很少涉及的第二次世界大战及其前后的地区性战争（西班牙内战、芬兰冬季战争、中东战争），毕竟时间已经流逝六十多年，半个世纪前的事件，其政治因素大大淡化，以此避开国内的审查条款。还可把内容限定于与中国不相干或有正面联系的部分战役，例如西班牙内战、芬兰冬季战争、中东战争，第一次世界大战以及第二次世界大战中的欧洲战场、南太平洋战场。

（3）游戏的陆战武器系统取材于突袭，建议以二代和基于二代的 aprm/rwm 为基准，这个系统十分接近真实的历史，并且具有很好的平衡性和可扩充性，其图形、声效的表现足以满足当前需求，不必盲目追求 3D 化。尽管这个系统还有不足之处，例如英、法、意大利、日本的陆战武器系统在游戏中基本属于摆设，实际上这些国家的陆战武器系统还是各有所长的。

游戏主要场景是基于突袭的陆战场景，在技术成熟之前，避免加入技术难以掌握的海战和空战，可以学习突袭的设定，保留少量用于近距离支援的战术空军设定。

（4）游戏的对战操作完全基于突袭，建议以二代为基准，甚至直接引用二代某个成熟版本的 mod。

下面是最重要的事情。

（1）从以上设定为基础，引入"闪电战"的核心部队概念。玩家从进入游戏开始，拥有少量的核心部队。这个核心部队指的是人员，不同于"闪电战"的直接配给装甲部队。

例如，玩家甲作为新手第一次进入网络游戏，他选择了加入中国这个阵营，并得到了他拥有的第一支核心部队和一笔起始经费，这支部队的几十个人员（例如一个排的编制）全部是新兵，即没有训练的兵、没有合适的好装备、也没有训练有素的战术军官，全部是裸兵。很显然，这是个一无所知的菜鸟。菜鸟在聊天区遇到了某资深玩家，在他的指点下，菜鸟从资深玩家那里购买了几名有少许经验值的战术军官，几辆轻型卡车和一批毛瑟 98k 步枪；作为政治交换条件，向菜鸟出售装备的资深玩家承诺，将带领菜鸟加入一次对战，并作为盟军在战场上加以支援。

对战过程与标准的突袭二代一样，在战斗中，菜鸟的部下英勇顽强，在菜鸟拙劣的指挥下，在盟军不够到家的支援下，菜鸟损失了他这个排大多数的官兵，不过盟军很强大，最终战胜了敌军。菜鸟不仅在打扫战场的时候获得了几挺捷克 zb26 轻机枪，还十分兴奋地让唯一的幸存军官开回了一辆遗弃在战场的 T26 早期型轻型坦克，当然，还有一大批战场回收的步枪/冲锋枪（其中很多已毁坏，有些可以修理），随着菜鸟撤退的卡车退出了对战界面。

首战获胜的菜鸟获得了军衔的第一次晋升，还捡回了一大批资深玩家看不上眼的破烂，其中部分可以修理的枪械/车辆在付出少量修理费后，菜鸟把它们卖给了另一个更菜的菜鸟，得到了他在网络游戏中挣到的第一桶金，并用这些不多的经费购买了几辆维修车、可以拖拽火炮的中型载重车和相应的油料、弹药，甚至还购买了两门 37 毫米 pak 战防炮，在花费了少量经费招募了新兵后，菜鸟发现，尽管由于军衔晋升使得自己可以多招募一个班的新兵，但是军费已经寥寥无几，不足以支持独立发动一次挑战。

不得已，菜鸟决定到雇佣兵论坛寻找一份差使，以便挣得必要的训练费用，培养自己的司机、炮手等技术兵种。在论坛上，菜鸟发现工兵（工程师兵种的统称）的雇佣价格最高，可是自己手头只有低经验值的步枪兵冲锋枪手和少量机枪兵，只有唯一的军官可以获得稍高的佣金（本身就是购买的，具有少量经验值）。

兵是一样的，使用什么装备就是什么兵种，区别是使用该武器的经验值差别（兵有多种发展潜能，通过训练和战斗可以获得并提高）。但是技术兵种，例如工兵、司机、炮手、装甲车和坦克乘员、飞机驾驶员、战术军官等必须通过训练和战斗得到，其中装甲车和坦克乘员、飞机驾驶员等必须由司机升级得到，战术军官至少精通三种专业（例如菜鸟唯一的军官就拥有司机、炮手、侦察兵这三种技能）。

经过慎重的选择，菜鸟决定率领他的加强新兵排参加一个大场面战斗，地图细节和双方资料已经下载，菜鸟担当一方的后勤补给站防卫队，如果任务达成，可以获得很不错的酬金，作为抵押，如果菜鸟没有完成约定，他唯一的军官就会被公开拍卖。

菜鸟很幸运，战斗几乎是一边倒，他加入的一方获得完全胜利；其中菜鸟还用他的小分队歼灭了一支空降到补给站的敌方伞兵，并缴获了一些空投的 80 毫米迫击炮；他的雇主如约付了酬金，并慷慨的答应 80 毫米迫击炮由菜鸟拥有。这是个不大不小的人情，毕竟雇主拥有分配战利品的优先权，菜鸟记住了这个友好的雇主，并决心在适当的时候给予回报。

随后菜鸟多次参加这种雇佣军战斗，并为自己挣得了可观的军费，培养了手下的作战经验，可惜参加雇佣军战斗不能提升菜鸟的军衔和声望，菜鸟觉得有必要独立参加作战，为了保险起见，他来到低级会员对战厅，一对一地决斗。

这次菜鸟很不幸，他遇上了实力相当的对手，尽管双方主要兵力都属数量不多的轻步兵，但对手拥有的两辆德制 221 装甲车上的 7.92 毫米 MG34 机枪让菜鸟手下吃尽苦头，尽管菜鸟娴熟的雇佣兵近距离战术，利用熟悉的地形最终消灭了敌军步兵主力，但对手的 221 装甲车及时逃脱。在对战限制的时间内，菜鸟完成了地图规定的战术目标，获得胜利，又一次获得了晋升，对手由于战败，不得不如约交付约定的赌注。这次菜鸟手下伤亡过半，让好不容易培养了一批精兵的菜鸟十分痛惜，后悔轻敌的自己没有把对方的两辆德制 221 装甲车战斗力充分估计。用血的教训认识到在合适的地形下，装甲车对步兵具有无可匹敌的机动力和火力优势。因此，即便投入巨额经费，平时还要花费油料和配件消耗（这些由游戏运营商以点卡形式出售），装备装甲车和坦克是十分必要的，除非打算永远在低级会员对战厅游荡，不然一旦遇到高等级玩家 id，那可能就是一边倒的屠杀。

游戏对战双方参战兵力公开，对手在合适的赌约条件下，允许实力有差别，当然如果双方认可，一个新兵排也能和一个装甲集群对战，即便装甲集群获胜，得到的胜利加权也微乎其微，甚至不能满足一次出兵的油料、弹药消耗。

得到教训的菜鸟下狠心派出 20 个新兵，花不少钱到驾驶培训学校转职（由游戏运营商开设），终于有了自己的司机，为了比较快速地培训司机，又作为雇佣兵参加了其他人主创的对战游戏。不过这次是作为武装运输队，任务是为雇主提供部分战场弹药、油料的押运，这是比较危险的任务。作为武装运输队，时刻面临敌人的突然打击，也是敌方空降兵、战术空军的主要目标。经历多次出生入死的武装押运，菜鸟手下司机的水平步步高升，很多有了升职装甲兵的驾驶经验基础，获得的报酬也足以购买一些德制装甲车（据说德制车辆的质量比较好，尽管价格和平时的维护费用略高）。

菜鸟真走运，他又遇上了那位慷慨的雇主，并从他那里以几乎相当于装甲车的价钱半价购买了 6 辆二手的德制 pzkpfw 二型轻坦克（生命值不满，且没有足够经验值的工兵修理），装备了 20 毫米机关炮和并行 7.92 毫米机枪，同时还另外购买了几辆德制 231 装甲运兵车和几门 75 毫米野战炮，菜鸟终于鸟枪换炮，一个连全部成为摩托化部队，甚至编组了一个独立的轻坦克分队。

菜鸟奋斗到现在很不容易，毕竟选择中国阵营只能招收平均文化水准较低的新兵训练费用和维护费用也比较低，但是为了培养高经验值的部队，参加战斗期间损失很多，尽管再补充招募价格是最便宜的，也几乎花光了菜鸟苦心积累的资金。从现在起，菜鸟不再是菜鸟，或者说不再是步兵菜鸟，菜鸟成为装甲兵菜鸟继续战斗。

（2）游戏中的虚拟人员是整个网络游戏的核心，他们的训练和成长需要战斗的考验，当然，这些虚拟人员如同其他网络游戏的装备一样，可以转让和出售；同时，游戏中也有装备出售（由游戏运营商提供），但数量和品种有控制。例如，玩家乙手头比较宽裕，希望从开始就比较爽，因此加入了德军阵营，并大手大脚地购买了十多辆德制 pzkpfw 四号 G 型，装备长身管 75 毫米炮，还高价求购了天价的虎式、猎豹、追猎者若干，配备了足够的维修和后勤补给，但是高经验值的装甲兵很难购买到，而他也没有耐心逐步训练。凭借超级强大的装备，玩家乙连战获胜，从低级会员对战厅一路加官晋爵迈入了校官等级的中级对战厅，也培养了一批不错的装甲兵，但是玩家乙有个致命弱点，他以往对战，往往装备具有压倒性优势，经常强攻硬打，玩家乙的操作水准和使用武器的熟练程度不高，对地图和战术的研究也比较马虎，在中级对战厅开始参战就惨遭蹂躏，对手的苏制76.2毫米/100毫米战防炮布设极为老道，少量的T34/85和Su85坦克歼击车成员熟练度很高，简直媲美真正的苏军近卫坦克兵，在前沿神出鬼没，把玩家乙的弱点暴露无遗，最终用比较轻微的代价消灭了玩家乙的装甲主力，只有少数虎式、猎豹凭借厚重的装甲和较好的机动力逃脱围歼，玩家乙不得不在结束前主动认输，保留了这些种子。经过这次挫折，玩家乙苦下决心，研究地图，分析录像，学习先进人士的战略战术，终于完成了自身修养的突破，从逆境中站立起来。毕竟玩家乙实力不俗，又有较好的装备，很快在校官等级中出类拔萃，并通过在雇佣兵论坛拉拢低级玩家，低价出售装备人员，组成了颇具实力的阵营。

（3）将星灿烂。本游戏的最高境界，将军级别的玩家有组织军团的权利，以本身的声望和资金招募其他玩家加入军团，并以此为单位发起会战邀请。

6.2 游戏设计的起点

如果游戏设计者打算制作一款取材于某个希腊故事的游戏。这就要求设计者围绕故事情节展开工作，这将直接制约设计者采用的游戏类型。显然，它不可能成为一款文明世界风格的战略游戏，因为这类游戏与宙斯、赫尔克里斯、阿瑞斯诸神的古典神话故事毫不相干。此外，也应排除实时战略游戏，因为这类游戏并不是讲述仅仅涉及的几位主人公的故事。高品位的飞行模拟游戏也不理想。不过，设计者仍然可以采用动作、角色扮演或冒险等游戏类型。技术上的限制也是需要考虑的因素。为了描述这段希腊神话故事，设计者必须采用某种方法将大量的先行情节传达给玩家，这就需要具备适当的技术。如果设计者在这一阶段选择了某项技术，并将其应用于这款游戏，这就会进一步影响到可能采用的游戏类型。例如，选用45°视角的2D引擎最适合于角色扮演或冒险类游戏，而不是动作游戏。如果打算采用3D技术，为了更好地再现这一希腊神话故事，就必须能同时支持室内和室外环境，这样一来，许多3D游戏引擎将不在考虑之列。

每当设计者针对一款尚未投入制作的游戏做出某种决定时，它必须了解到这一决定会制约游戏未来风格的方式。如果设计者试图将一种并不合适的引擎套用于某个游戏类型，制作出来的游戏和预计的品质就会有很大的差别。

6.3 确定设计主线

当一个创意初步在设计师脑海里形成时，只是完成了游戏整体规划的一部分，一个游戏仅仅靠一个想法是无法完成的，如果把一个创意变成一个可以执行的策划文档，并以此指导团队的开发工作，需要考虑许多细节。这些细节的设计是非常复杂和繁琐的，牵扯到方方面面，如果没有一个统一的设计主线，设计文档进行到最后会出现互相矛盾或无法实现的问题。因此在进行设计的时候，要有一个设计主线。

（1）日常生活中，我们在挑选和购买游戏的时候，比较关注的问题是游戏的类型，比如"这是一款赛车游戏，比较刺激"；"这是一个RPG游戏，情节不错"等。每款游戏都有自己的特点和玩家群体。因此，在构思游戏的时候，以游戏类型为主线，并把类型的特点充分发挥，这样才是比较好的构思设计主线。

（2）如果我们开发或购买了一个非常好的游戏引擎，根据游戏引擎的技术特点，设计一款符合其性能的游戏，也是一个非常好的创意和设计主线。

（3）有时，我们会接触或构思一个小说或文学题材，而这个小说又非常适合作为游戏故事，我们会有一种把这个故事题材改编成游戏的愿望和冲动。这也是一个很好的创意，并可以把这个故事作为设计主线。

一个游戏的构思与设计有三条主线可以选择，分别是游戏类型、开发技术、故事题材。

6.3.1 按照类型进行设计

在构思游戏的时候，从已有游戏入手应该是最常见，也是比较有帮助的方法。针对现有的游戏类型，进行某个类型的设计，使设计者和管理者对游戏的整体把握更加容易。

总结现有游戏类型的特点，并按此特点进行设计的方法好处是，第一，游戏风格很容易掌握，只要技术没有大的问题，不可能做出一个太差的游戏；第二，由于有现成的游戏可以参考，也比较容易判断这款游戏的市场。

使用游戏类型的方法也非常有利于游戏设计人员之间的交流，有些时候需要使用简单的几句话来解释这个游戏的构思，采用类比的方法最简单、有效。游戏类型也制约着故事类型。特定类型的故事与某些类型的游戏无法契合，比如在飞行模拟游戏中套用希腊神话。同样，爱情故事可能并不适合策略游戏，有关人类交往的故事并不适合第一人称射击游戏。由于游戏类型最先被选出，所以必须优先选择最适合这种游戏风格的故事类型，然后再讲述故事。选择并应用与游戏风格最相适宜的故事情节。

1．选择游戏类型

在进行设计的时候，应该先选择需要确定的游戏类型，如赛车游戏、射击游戏、角色扮演游戏等，游戏设计人员可以在这些游戏类型中进行选择。

在选择游戏类型的时候，不一定选择目前正流行的游戏，因为正流行的游戏，如果要进行突破，难度很高，现在流行的游戏毕竟代表目前的技术和策划高度，而且市场正被这些游戏占领，抢夺市场也是非常困难的。选择一些老的游戏，使用更为先进的技术进行改变，反而容易获得突破。

2．决定目标水平

选择好游戏类型之后，整体构思基本上就可以确定了，接下来就需要根据游戏的可玩性，决定目标游戏应该达到的水平。例如设计人员选择赛车游戏，它是一款什么样的赛车游戏？要给玩家提供哪种层次的真实感觉？需要哪种层次的技术或游戏引擎？目标水平一旦确定，对技术的要求基本上也可以大致确定了，设计人员需要对具体技术进行分析和考虑。需要考虑的问题包括以下几个方面。该游戏是采用3D引擎还是2D引擎？采用2D引擎是否能够满足要求，是否更为合适？提供给玩家的是静态环境还是动态环境？游戏中的节奏是快速还是缓慢？是否需要大量的可显示物体在屏幕中移动？游戏场景的大小？这是游戏本身的目标要求，同时游戏设计人员还需要考虑游戏开发小组的技术水平，例如，游戏引擎小组的水平是否可以满足要求？是否需要购买游戏引擎的许可？是否需要放弃现有的引擎技术重新设计和开发？是否拥有足够的资金和时间？这些是关系到游戏可行性的关键内容。

3．设计背景故事

确定好目标水平之后，就需要为整个游戏编写一个背景故事，以便构成完整的游戏。设计背景故事实际上也是模仿的过程。基本上，如果被模仿的游戏是角色扮演类型的，新的故事也是类似的，如果被模仿的游戏是飞行模拟游戏，编写一个中国古代神话故事背景可能就很不适宜。如果游戏风格是实时战略型的，爱情故事就不是很合适。故事和游戏风格必须很好地契合，不能生硬、互相矛盾。当然，也不排除游戏设计人员对游戏风格本身的探索，即游戏设计人员可以尝试在一款游戏中糅合多种因素，例如你可以设计一个现代飞机大战孙悟空，也许看起来就有些合理。但是这种尝试肯定是非常困难的，勉强拼凑的生硬故事情节对于游戏来讲，其实是有百害而无一利。

1992 年，卡麦克掌握了一项崭新的技术，能够在普通的个人计算机上显示三维物体，而且基本上没有延迟，反应非常流畅。Origin 公司选择用这种技术来完成一个 RPG 游戏，因为 RPG 游戏的节奏很慢，不能充分表现三维技术的流畅性。这个时候，他们大胆地选择了射击游戏，向敌人射击，玩家可以随意移动场景、敌人、道具且非常流畅，绝对能表现出三维技术的强大表现力。于是，Wolfenstein 出现了，FPS 游戏的时代开始了。

这就是一个按照技术条件，设计最符合其表现能力游戏的典范。这种机会越来越少，一方面是技术的突破已经非常困难，很难发现真正的、开创性的技术创新；另一方面，当前的游戏越来越复杂，投资越来越高，个人的影响力相对变小，游戏开发公司对新技术的投入越来越谨慎。

1. 按照公司计划选择引擎技术

游戏引擎的选择有以下几种可能。

（1）使用公司原有引擎。由于考虑到技术投入，每个游戏开发公司在新技术方面的研发都是有一定计划的，除非真正需要，游戏设计人员很难说服游戏开发公司改变新技术研发计划，不可能在原有开发的游戏引擎成本还没有收回的情况下就放弃原有技术。因此，游戏设计人员不能为了游戏创意设计游戏，必须考虑到当前公司的技术状况，这样才能以最节约成本的方法开发出新的游戏。

（2）在原有引擎基础上升级。通常，游戏开发公司的技术积累是新项目展开的基础，即使游戏设计人员打算采用一种"新型"技术，这种新技术也应该建立在原有引擎基础上的升级版本，不应该推倒重来。当然，由于是升级版本，引擎的风格导致游戏的风格与原有游戏的风格相似。

（3）开发新游戏引擎。如果刚好游戏开发公司决定为新的游戏开发项目开发一个新的游戏引擎，游戏设计人员就有机会将新的引擎开发和新的游戏设计相结合。游戏设计人员需要和引擎开发人员交流，一起考虑新引擎的特点，并提出自己的要求。游戏设计人员的任务就是彻底了解新引擎的特点，设计一款充分发挥这个新技术的游戏。这个时候，很难说是为了游戏开发引擎，还是在引擎上开发游戏，游戏和引擎真正是一体的。

（4）引进游戏引擎。如果游戏公司不考虑使用自己的引擎，游戏设计人员就需要考虑其他游戏开发公司或纯技术公司的游戏引擎。这个时候，需要根据需要开发游戏的类型，选择一种恰到好处的引擎。另一个比较重要的选择因素是价格，价格实惠的游戏引擎是最先选择的对象。确定游戏引擎之后，游戏设计人员的任务就是利用这个引擎将游戏和故事完美地结合在一起。

2. 按照引擎选择游戏类型和风格

在游戏引擎和游戏类型之间，关系是相互影响的，如何选择就看游戏设计人员把哪个因素看得更重要了。从技术储备出发，应该以游戏引擎为标准，而不是根据游戏类型选择跟游戏风格匹配的游戏引擎。例如，如果已经存在一个 3D 游戏引擎，就需要设计一个产生 3D 效果的游戏环境，以创造出一个充满乐趣的 3D 游戏风格，如果只有一个 2D 引擎，就必须排除强调 3D 的 FPS 游戏。如果引擎具备一个非常优秀的特性，如复杂的物理特性，则可以考虑设计一个能够充分发挥这个特性的谜题和玩家的动作。当然，设计人员也没有必要采用所有引擎的新技术和新特点，这只是在和游戏本身协调的基础上才可以进行的，就是说，游戏必须和引擎协调，而不是相互冲突。

3. 考虑在不矛盾的条件下加入新特点支持

如果游戏设计人员考虑采用一个特定的引擎，这个引擎必然有最适合的游戏类型，因此游戏设计人员可以考虑偏离其原始设计目的的限度。比如广泛使用的 Quake 引擎，它开发的目的是处理室内环境的 3D 游戏，就是 Quake 类型的第一视角、节奏快速的 FPS 类型的游戏。很多游戏开发小组都在引进游戏引擎的同时，试图在其中加入自己的特点。Quake 引擎最成功的引进者是 Valve 公司，在游戏 Half Life 中不但保留了这种引擎的风格，而且加入了自己的特色，例如加入随着游戏的发展而发展的故事，不仅仅是背景故事。他们没有尝试越过这款游戏的局限性，例如将场景转移到室外等。使用特定游戏引擎的明智做法是充分了解这个引擎的特点和局限性，通过良好的设计在游戏中将它们转化为有利因素。

4．游戏引擎影响游戏剧情故事

技术的选择也会影响到游戏叙述的故事情节。在很多游戏中，玩家需要输入信息和游戏角色进行交互，如果游戏引擎没有提供智能分析程序，就很难分析玩家的输入，只能使用选择的方法，这样对某些种类的游戏是不适合的。如果游戏引擎不能处理室外环境，就不能编写室外类型的运动游戏。没有人工智能处理程序，就不能编写一个模拟社会生活类游戏，没有存储和重放音乐数据的压缩技术，就不能支持有大量对话的游戏等。

6.3.3 按照故事进行设计

首先选择一个非常优秀的故事剧本，然后考虑采用哪些方法能够充分表现这个剧本描述的故事。这种形式非常类似于将小说改编成电影、电视的模式，比如把金庸的小说改变成游戏，由于小说本身优秀的故事和广泛的读者群，可以设想有不少玩家也会喜欢这个游戏的。当选择从故事出发设计游戏的时候，设计人员需要考虑以下几点。

（1）寻找合适的故事背景。

（2）决定讲述的故事。

（3）选择游戏的主角。

很多游戏实际上并不需要一个完整的故事，只需要一个故事背景，因此选择这种设计方式并不多见。但是有些游戏本身就是讲述一个优美、凄凉的故事，例如 RPG 游戏《剑侠奇缘》。当游戏设计人员采用按照故事进行构思游戏的时候，最需要注意的是以下几点。

（1）如何在游戏中展开故事？

（2）如何使玩家和故事产生互动？

（3）如何根据游戏玩家的选择以不同的方式展开故事？

这些问题不仅是游戏故事本身的问题，更是游戏类型和风格的问题。由于这个时候游戏故事是游戏设计的核心，其他方面的要求都将服从这一点。

1．选择游戏风格

故事本身对游戏的类型和风格有着决定性的影响，例如故事的主角在一个杀气腾腾的恐怖分子营地历险，需要和诸多恐怖分子及其帮凶战斗，采用第一视角的射击游戏是恰当的。如果需要玩家和各种类型的角色进行交谈，玩家从这些角色中获得游戏中谜题的答案，这显然是一款角色扮演类型的冒险游戏。如果讲述三国演义的故事，就可以采用战略游戏风格，同时需要对风格进行调整，以便故事能够完美地展开。如果故事描述的主角是刘备，游戏形式就偏重于战略、经营、外交等，如果故事描述的主角是赵云，游戏就可能带有格斗风格。如果游戏中玩家和其他角色的交流比较重要，就需要设计良好的对话结构，例如输入、选择等。

2．选择游戏开发技术

游戏故事选择和游戏风格确定之后，对游戏开发技术的要求也就明确了，必须具备支持这些要求的技术。如果对话在表达故事方面起到非常重要的作用，技术人员就需要开发出对话支持系统。如果需要着重表现对环境的探索和发现，就需要采用 3D 引擎，以便玩家可以从各个不同的角度观察环境，以发现游戏中的秘密。如果游戏故事在一定情况下会触发相应的事件，游戏引擎就需要支持这种事件触发和处理。这个时候，技术必须为故事服务，一旦技术不能达到设计目标，故事的展开和发展就必然受到限制。

在电子游戏发展的早期，有一种专门设计的文字类冒险游戏（后期也加入了简单的图像支持能力），这种类型的游戏充分体现了以游戏为核心的设计风格。由于这些游戏的模式非常类似，因此游戏开发公司开发了专门的冒险游戏制作工具，如 Infocom 的"文字冒险创作"和 LucasArts 的 SCUMM 系统。如果游戏设计者采用这些系统设计游戏，需要考虑的主要就是故事情节，这些开发工具能帮助设计人员自动生成游戏。当然，这些游戏必须是类似的模式和风格，但在游戏的故事方面具备比较大的灵活性，类似于电影，在一定的限制下，可以随意讲述故事。

6.4 考虑制约因素

有了基本创意，游戏设计人员就可以在脑海中形成一个最基本的印象，但是这些东西是否能真正实现，是存在疑问的。游戏设计人员必须认识到，对游戏各种各样的要求大部分时候是相互矛盾、相互制约的，例如某种游戏类型一定要跟某种技术和故事相结合，否则就没有办法实现。因此，游戏设计人员的任务就是考虑到所有的因素，并且要综合考虑，只有这样才能创造出一款令人陶醉的游戏。

在实际生活中，游戏设计人员很少能完全按照自己的意图构思游戏，因为很难完全找到实现这种构思的合适方法。游戏设计人员的构思受到客观条件的制约，这些情况包括现有的技术条件，同事的具体情况，游戏开发经费以及制作期限等。因而，设计人员需要考虑到自己面临的种种不利因素，只有这样才能设计出一款优秀的游戏。

6.4.1 技术环境限制

一般的游戏公司，设计人员只能利用公司已有的技术进行游戏设计。即使设计人员能够找到一个新的引擎或者技术，仍然要受到引擎的质量和经费的限制。

有些情况设计人员身兼数职，既是设计者又是程序员，这样他也仍然没有办法任意地进行游戏设计，因为他明白自身在技术方面，或者在精力方面的限制，一个程序员很难在有限时间内创造出和 Quake 3 相媲美的游戏引擎，或者说，根本不可能。设计人员兼任程序员有不少好处，但也无法完成较大的项目。

即使存在这样的天才程序员，可以实现所有的技术细节，但是，计算机的处理能力支持吗？计算机能够支持在一个屏幕上显示数百个逼真的人物，并动态地显示其动作吗？显然不可能，如果需要显示那么多角色，现有的最高级的硬件也很难做到流畅的显示效果。

因此，设计人员要暂时放下目前技术无法达到的想法和创意。一旦发现自己使用的引擎有局限性，最好避开它，而不是不顾条件地消除它。这并不是说要设计很简陋的游戏，真正优秀的设计人员，可以根据已有的条件，设计出最佳效果的游戏来。

6.4.2 时间与成本的限制

游戏的预算和日程也是游戏设计人员需要考虑的因素，严格来讲，这些工作主要是项目负责人的职责范围。

当游戏设计人员决定采用某种技术的时候，游戏设计人员需要回答以下问题：

（1）能否在项目预定的时间内完成该项技术？

（2）提出的设计方案是否需要大量的关卡设计和脚本控制工作？

（3）该项目的预算是否能提供足够的开发人员？

如果投入预算不足，游戏设计人员需要调整开发方案，使其更切实可行。如果游戏延期太长，比如说超过 6 个月仍然没有确定的结果，那么开发公司就会失去信心，停止对这个项目的投入，这样无论设计方案如何优秀，也于事无补了。如果游戏能够开发出来，但是没有安排足够的时间对游戏进行调试和寻找漏洞，这款游戏可能会因为软件的问题和漏洞造成的问题，而在市场中失败。

在避免工作量和预算限制方面，工作室方式的开发人员可能有比较大的自由，因为这些东西主要由一个开发设计人员完成。对于他们来讲，由于不需要过于依赖游戏开发来维持生计，有更多的自由实现自己的计划，当然，更多的要受到设计能力、艺术能力、开发能力的限制，更重要的一点，必须具备更坚韧不拔的毅力。

6.5 创意说明的内容

从前面的章节中，通过对游戏风格、游戏故事和技术的分析，对类似游戏的确定，或者游戏设计人员自身灵感，游戏设计人员将会在自己的脑海中出现了自己设计的游戏的样子，即可以初步决定自己的游戏创意。

把创意用书面的方式表达出来，就是我们常说的游戏创意说明。在游戏创作中，创意说明的编写是非常重要的，《游戏创意说明》确定后，就决定了游戏的设计和开发方向，所有的策划文档和技术设计将围绕《游戏创意说明》进行。另外，把设计师的想法，系统详细地介绍给团队其他成员也是一个重要手段。试想一下，如果一个设计师的创意只存在自己的脑袋里，如何让别人知道你的创意？总不能见到每个人都说一遍。即使见到一个团队成员就重复一遍，也无法保证你说的过程内容中的系统性，更无法保证其他人在听的过程中正确理解。

6.5.1 游戏的名字

在编写《游戏创意说明》之前，需要为构思的游戏确定一个富有吸引力的名字。一个游戏的名字对于游戏极为重要。游戏的名字不是一个简单的符号，这个名字是最能体现设计者创意思想和游戏特点的，并且对玩家有一种强烈的心里暗示作用，激发玩家的热情，使玩家产生一种购买或加入的冲动。下面具体分析一个游戏的名字所具备的功能与作用。

1．明确游戏题材

游戏的名字最基本的功能，是使玩家非常清晰地知道游戏的内容和特点。比如，《极品飞车》、《剑侠情缘》等。当看到《极品飞车》的游戏名字的时候，可以清晰地知道这是一款"赛车"游戏。而且，是一款以速度为主要玩点的游戏。再比如，看到《反恐精英》的游戏名称，在脑海里反映的游戏内容是以枪战、特种部队为主要特点的等。

2．突出游戏特点

游戏的名称在体现特点的同时，要突出其游戏特点。比如，《极品飞车》中的"极品"给人一种制作精良的感觉，"飞"字，给人一种速度的感觉，突出了这款游戏的主要特点。再比如《DOOM》具有毁灭，带有一定的恐怖气氛，给人一种发泄、销毁的感觉；《剑侠情缘》是以武侠为主要故事情节的游戏，具有一种侠义的精神和动人的感情故事。

3．激发玩家热情

一个好的游戏名称，不仅能告诉玩家游戏的主题和特点，还能激起玩家的热情。如《是男人你就坚持 20 秒》，这款游戏的内容虽然没有太多的新意，但是，凭借这个有特色的名字，在玩家中流传颇广。

6.5.2 游戏的类型

在创意说明书中，要简单地说明创意游戏的类型。每一类的游戏其开发成本、采用技术、市场定位都不相同，在没有明确一款游戏的类型之前，是无法判定一个游戏的创意水平的。

1. 说明游戏技术

在创意说明中，说明游戏类型可以使开发团队的技术人员知道这款游戏所采用的相关开发技术。由于 PC 机游戏和网络游戏的技术实现方式有着各自的特点，知道这款游戏的类型，对这款游戏的技术实现有一个非常清晰的判断。

2. 说明终端设备

在创意说明中也可以说明游戏创意中提到的游戏使用的终端设备。比如，游戏的操作平台是 PC 机？还是手机？由于各个平台的技术性能不同。一个游戏终端并不会适合所有的游戏。

团队的其他技术人员在看游戏创意说明的时候，根据其经验，就会非常清楚地知道这款游戏的相关技术实现，并以此推动开发此款游戏的团队规范和开发周期等一系列游戏之外的事情。

6.5.3　游戏的内容

在一个策划文档中虽然通过名字可以知道一个游戏的大概内容，但是，这并不够具体，也不够准确。仅仅靠一个游戏名字是无法全面地了解游戏内容的。因此，在游戏的创意说明书中，要对游戏的内容有一个清晰简要的描述。

在游戏创意说明书中要对内容有一个准确、精练的介绍，比较清楚地说明这款游戏的内容和主题。

另外，如果创意中背景是一个重要的影响情节的因素，就需要将它着重记录下来，游戏情节会在这些特征的基础上逐步展开。如果在创意中没有游戏背景，就不用在创意说明中列出。

6.5.4　游戏的特点

这是创意说明中最核心的部分，在这个部分中，要说明这款游戏的主要特点。具体包括以下内容。

（1）这个游戏最无法抗拒的是什么？
（2）这个游戏能唤起玩家的哪种情绪？
（3）玩家能从这个游戏中得到什么？
（4）这个游戏是不是很特别，与其他游戏有什么不同？

从这些问题出发，游戏设计人员就可以知道游戏的核心是什么。如果这些问题的答案不明确，那就是还没有一个明确的创意，在游戏项目开始之前，应该继续考虑这些问题。一旦项目开始，资金将不断消耗，预算将不断增加，市场营销部门还将提出各种观点，此时再考虑这些问题，将浪费更多的资金和精力，甚至导致整个项目的失败。因此要尽早明确游戏创意。

对于一个考虑得非常清楚的游戏设计人员来讲，这些问题的答案可能非常简单，也许只是一些非常清晰的要点和提纲。

6.5.5　玩家的操作

玩家的操作主要介绍玩家操控这款游戏的方式和特点，这里主要介绍游戏在操作设计上的一些主要特征。

6.5.6　游戏的风格

游戏风格的描述包括视觉风格、听觉风格等方面的描述。描写游戏的主要风格并写明设计此游戏风格的主要目的。

如果设计和制作一款以武侠文化为内涵的游戏，这类游戏通常以游戏故事为设计主线。以武侠为主题的游戏的风格以及技术水平已经非常成熟。我们的创意是在此风格和技术的基础上，描绘一个引人入胜的故事。

6.6.1 编写一个完整的创意

已经知道了创意的基本内容，现在按照游戏的创意说明编写一个《游戏创意说明》。

1．游戏名字

游戏的名字是编写游戏创意的一个基本内容，现在给这个游戏创意起一个名字——《华山论剑》。

一般来讲，最初设计的名字会一直保留到最后，因为一旦名字确定以后，设计人员，比如美工开始考虑人物形象和环境风格，故事组将按照这个名字设计一个巧妙的故事，如果再想改名字，会遭到大家的反对。现在，有了游戏创意文档的标题，即《"华山论剑"创意说明书》。下面，需要考虑创意说明的下一个内容了，也就是说，在文档中写明这款游戏的类型。

2．游戏类型

《华山论剑》是准备在 PC 机上运行的单机版游戏。文档描述如下：《华山论剑》是一款在 PC 机上运行的 RPG 游戏。

3．游戏内容

《华山论剑》是一款在 PC 机上运行的 RPG 游戏。游戏的故事背景是在明朝末期，在北方边陲小镇上的一个叫"祖提"的普通青年，因为一次偶然的机遇，走入了江湖，并因此成为武林盟主的故事。在游戏中，玩家通过对游戏线索的分析和判断，解决游戏中设置的各个谜题，以推动游戏情节的发展，并在解决问题的同时，做了许多除暴安良的侠义之举，赢得了整个武林的认可，也因此获得了美人的芳心。

到现在为止，写完了游戏内容部分。

4．特点描述

《华山论剑》以故事情节为主要游戏主线，以满足玩家的成就感为主要设计目标，并设计多条情感因素，增加游戏的情感交流。游戏以武侠文化为主要的文化内涵，体现一种侠义精神。

5．玩家操作

《华山论剑》是适合大多数玩家的游戏，为了避免玩家对游戏的操作产生陌生感，其操作设计与目前流行的大多数 RPG 游戏相同，并为每个武功或技能设计相应的快捷键，以方便玩家的操作。

6．游戏风格

本游戏的画面追求一种传统工笔画的风格，使其视觉效果有一种古老的感觉。游戏采用 3D 设计，以 45°角为画面显示角度。

6.6.2 贯彻创意

一旦把创意变成文字，这个时候就需要让开发小组的每个成员都认可这个创意，包括让他们在这个创意说明上签字，只有大家都认同这个创意，才能有一个惊人巨作诞生。如果合作团队中没有人对这个创意感兴趣，一个可能是这个创意并不好，难以让人接受，对创意的描述和对游戏的描述过于简单，缺乏新意和诱惑力，游戏设计人员需要继续挖掘创意中让人觉得兴奋的东西，然后再次说服开发小组的成员。

还有另外一种可能是，游戏设计人员坚持认为这个创意很好，表达也没有问题，可能是整个游戏开发小组不适合设计这种创意类型的游戏。并不是任何一个有着成功经验的游戏开发小组都能完成所有类型游戏的开发。比如一个长期编写休闲益智性游戏的开发小组，如果去开发一个模拟飞行类游戏，显然是不合适的。这个时候游戏设计人员有两种选择，一个是寻找另外的开发小组落实创意；另一个是了解这个开发小组的特点，设计一个能够充分发挥其优势的游戏创意。

对于一个小的开发团队，例如一个小型工作室，或者业余爱好者，其主要的开发设计工作由一个主要成员完成，其他人只起辅助作用。完全可以运用独立的操作对每个细节进行控制。这种基本独立完成的游戏在目前条件下很难成为流行游戏，一个方面是技术原因，另一个方面是由于缺乏监督。即使这个人非常聪明和理智，在开发过程中要一直贯彻游戏创意也是非常困难的。

在真正的游戏开发团队工作的设计人员，需要让其合作者都能清楚自己的游戏创意，包括美工、程序员和老板。整个团队有一个明确的创意进行指导非常重要，设计人员不用花费很多精力盯着美工和程序员的工作。

1. 细化创意

一旦开发团队认可了游戏创意，了解了创意的核心，知道游戏应该是什么样子的，就需要通过一个完整的计划书把想法完全表达出来。可以在计划书的开头就把创意表达出来，作为对这个游戏特性的概述。

游戏的设计计划书应该围绕和发挥设计人员的创意，详细说明创意是怎样通过游戏来实现的，其中游戏是如何发挥其功能的。设计人员需要草拟出整个游戏的大致过程，比如游戏的场景是什么样的，游戏的玩家会遇到什么样的物体等。在计划书中还应该包括一些对可能出现问题的正确解决方案，控制系统应该采用哪种方法，哪种环境更容易吸引玩家，玩家会遇到什么样的敌人。一个好的创意可以帮助设计人员解决在设计过程中遇到的各种问题。

在上述工作的基础上，需要继续依据创意检查要增加的东西是否符合游戏创意，必须认真考虑游戏场景是否会把游戏带到和创意相反的方向，区分哪些东西和创意相互冲突是非常必要的，设计人员需要删除或修改那些有冲突的东西。

有些时候设计人员会在游戏中加入过多的有特色的东西，这些东西可能并不支持游戏的创意，只会分散游戏玩家的注意力。游戏创意是评判这些东西的基本依据，需要通过它来制止这种过度的膨胀，砍掉游戏中琐碎的片段，很多关于游戏的构思都是非常好的想法，但是这些构思可能会妨碍游戏创意，必须删除没有必要或起反作用的特色，对于游戏来讲，堆积过多的特色反而是没有特色。

当计划书和其他准备工作完成之后，游戏制作过程就可以全面开始了。这个时候，美工、程序员和其他员工就开始按照计划书中的规划开始工作。当然，在计划的执行过程中，仍然会遇到很多困难，计划书中也不可能包含使整个游戏成功运行的所有因素，因此，整个游戏小组将面临怎样表现这个特色，除了新想法之外怎样改进这个游戏等。面对这些问题，整个开发小组需要再一次参考创意指导整个计划的方向，始终坚持设计游戏的出发点，使游戏创作始终保持正确的方向，只有这样才能做出好的作品。

2. 调整创意

坚持游戏的创意是一个很重要的原则，但并不意味着游戏的创意是一成不变的，即使计划书已经做好或者游戏已经全面投入开发。在游戏的设计和开发过程中，游戏设计人员可能会发现原来的创意有不足之处，或者有很大的错误，设计人员可能发现该游戏可以提供一个更令人注目的体验，这一体验超出了原焦点所能提供的范围。根据游戏进展，就有可能对游戏创意进行调整。

在撰写计划书的时候，进行创意的调整还是可以的，从谨慎的角度出发，应该在做计划的时候及早发现问题并及时弥补，这样能保证创意更为有效。

如果在游戏开发刚刚开始的时候发现了不能容忍的问题和漏洞，仍然是非常幸运的，因为调整创意还不会造成太大的影响，也不用重做太多的工作。

如果游戏开发进程已经进行了大半，要改变创意就会有太多的资源需要重新定制，如离截止日期太近，或者没有足够的资金等，最糟糕的情况就是新的创意和原来的创意有太多的不同，以至于很多已经制作完成的资源无法再利用。这种情况必须避免，否则整个游戏开发计划必然遇到极大的困难。

如果真正需要调整创意，游戏设计人员应该确保改进过的创意完全表达对整个游戏计划的设想，如果创意发生了本质性的变化，必须获得全部开发人员的认同，游戏设计人员需要整个开发小组，甚至整个公司的支持，才能保证成功。如果游戏设计人员的调整得不到大家的支持，就得慎重考虑这些调整意义。

不管为什么对创意进行调整，需要考虑创意的改动会导致多少差异，需要重新调整计划书，反映新游戏的设计目标，并考虑对技术手段和现有资源的调整，是否可以在新创意中利用。

6.7　注意事项

1．用创意表达游戏创意

表达游戏创意的时候，尽量不要参照其他游戏，要用自己的语言表达出游戏的本质和精髓。如果在文字中这样写"这个游戏类似于《古墓丽影》"，其他人很难理解你的意思，可能玩家脑海中显示的是和设计人员的设计不太一致的游戏场景。因此，游戏设计人员应该将《古墓丽影》中的重要因素抽出来，根据自己的创意表达出来，要把所有与创意相关的重要信息通过创意表达出来，不要采用参考书目。

2．避免无谓形容

要把游戏创意集中在一起，假定这个游戏已经开发完成，好像编写的是游戏手册的简介，不要用"将是"这样的推理性语气，应该用肯定性的语气。在这个创意说明中，表现出来的内容不仅仅是一个说明，尽量在读者的脑海中表现出一个完整的游戏。因此，需要避免使用大众化的语句，例如"《华山论剑》是一款高质量的、有趣的游戏……"这样的表达是没有意义的。

6.8　创意说明书的应用

创意说明书对整个游戏开发的意义主要体现在三个方面。

1．立项报告

在制作游戏之前，策划首先要确定要制作一款什么样的游戏，制作一款游戏并不是闭门造车，一个策划说了就算的简单事情。它受到多方面的限制。

（1）市场。游戏是否具备市场潜力？推出以后会不会被大家接受？是否能够取得良好的市场回报（即销售数量）？

（2）技术。游戏从程序上和美术上是否完全能够实现？如果不能实现，是否有折中的办法？

（3）资金。是否有足够的资金支持游戏的完整开发过程？做游戏光有热情是不够的，还要有必要的开发设备和开发环境。后期的广告投入也是一笔不小的费用。

（4）周期。游戏的开发周期是否合适？能否在开发结束时正好赶上游戏的销售旺季？一般来讲，学生的寒暑假期间都属于游戏的销售旺季。

（5）产品。游戏在其同类产品中是否有新颖的设计？是否有吸引玩家的地方？如果在游戏设计上达不到革新，是否能够在美术及程序方面加以弥补？如果同类型的游戏市场上已经有很多了，那么最好有不同于其他游戏的卖点，这样成功才更有把握。

以上各个问题都是经过开发组全体成员反复讨论才能够确定下来的。这种讨论往往是以会议的形式进行。参与会议者有公司的老总（资金提供者）、市场部成员（进行市场前景分析）、广告部成员（对游

第6章　构思与创意

戏的宣传进行规划）、游戏开发人员（策划、程序、美工），全体人员集思广益，共同探讨一个可行的方案。如果对上述问题都能够有肯定的答案，那么这个项目基本是可行的。

项目确立以后，下一步要进行的就是游戏大纲的策划工作。

2．策划文档

游戏大纲关系到游戏的整体面貌，当大纲策划案定稿以后，没有极特殊的情况，是不允许更改的。程序和美术工作人员将按照设计人员所构思的游戏形式架构整个游戏，因此，在制定策划方案时一定要做到慎重和考虑成熟。

3．宣传资料

除了游戏开发组内部使用创意说明书外，游戏开发公司的其他部门也会用得到，例如市场营销部门需要在游戏制作完成之前了解它的实质，营销人员需要用简单的文字说明为什么这个游戏会如此吸引人，说服了营销人员显然对于游戏未来的销售是非常重要的。对于营销人员也可以采用一些对比性的说明，对比的对象最好是同类型的游戏。

习　　题

1．谈一下你对游戏创意的理解并说明游戏创意的作用。

2．找一款你认为最成功的游戏，找出相关资料并分析游戏创意的产生和构思。

3．仔细阅读书中三种设计故事主线的方法，分别用这三种方法设计三款游戏的故事主线，并画出流程图。

4．当制约因素和游戏创意发生冲突时，如何平衡二者之间的关系？

5．请根据自己的想象、其他媒体（小说、电影、音乐等）以及现有的游戏分别构思三款游戏创意。并写出完整的创意说明书，创意说明书中应包括游戏名称，游戏类型，游戏内容，特点描述，玩家操作，游戏风格，故事主线等要素。

第 7 章
设计游戏故事情节

主要内容：

　　※ 游戏故事的准备和编写
　　※ 游戏故事的交互结构
　　※ 非线性结构的故事设计
　　※ 游戏角色的塑造

本章重点：

　　※ 游戏故事的准备和编写
　　※ 游戏故事的结构分类和矛盾层次的设置

学习目标：

　　※ 了解游戏故事的编写准备工作和编写结构
　　※ 学会编写不同矛盾层次和交互结构的游戏故事

游戏故事就是与游戏相关的、增加玩家置入感的相关情节。一般情况下，游戏分为有情节的感观类游戏和无剧情的刺激类游戏两种。比如 RPG 游戏就属于有情节的感观类游戏。ACT 类游戏一般属于无情节的刺激类游戏。我们说过，任何一个游戏都有其情节载体，情节载体的最直接表现形式就是游戏故事。无情节的刺激类游戏，实际上也是有故事情节的，其情节是通过场景、角色、服饰、行为等多个游戏元素组合成的综合信息，在玩家脑海里形成一个潜在的故事情节。

根据游戏类型和风格的不同，不同的游戏对故事的要求也不一样。有些简单的游戏只需要一个背景故事，游戏发展过程和故事没有关系。大部分 RPG 游戏和混合型的游戏都讲述了精彩的故事。有些游戏，游戏和故事一起发展，没有故事的游戏是无法想象的。所以，对于这些游戏来讲，必须准备好游戏故事。

7.1　准备游戏故事

早期的游戏无论在技术上，还是在玩法上，都比不上现在的游戏，但有一些好的游戏，即使现在仍然得到不少玩家的认可。这种游戏通常称为经典游戏。这种游戏，除了像《俄罗斯方块》这样以独特玩法取胜的游戏之外，他们的共同特点就是有相当不错的游戏故事。出色的故事加上现代的制作手法，让一个游戏增色不少。

当然，游戏故事和一般的小说和戏剧还不一样，因为游戏是交互性的，玩家不仅仅是听故事，而是成为故事的主要人物；玩家要参与进去，决定故事的发展和结局，这就是游戏故事，一种交互式的故事。这样的故事形式显然比普通的故事更容易受到欢迎。

7.1.1　确定故事主题

游戏设计人员在设计剧情和故事的时候，首先必须确定故事的主题，这需要考虑游戏面向的对象。有一些主题，例如爱情、战争等，更容易吸引观众，可以选择多种不同的游戏类型和风格。另外一些主题，比如美食等，则比较少用，游戏风格的选择也不太灵活。

如果游戏的题材比较老旧，游戏设计人员就需要从一个全新的角度进行诠释，或者从技术方面赋予这个游戏不同的表现形式。通俗地说，必须做到"旧瓶装新酒"，否则这个游戏很难受到玩家的欢迎。游戏必须能让玩家感受到其中独特的创意，比如 Half Life，在 FPS 游戏的基础上加上了 RPG 的特征，虽然技术上使用和 Quake 一样的引擎，但能得到更大范围的玩家喜欢。

事实上，创作游戏故事的工作并不是孤立的。故事主题在编写创意说明的时候就已经制定好了。但是同样一个主题，在不同的玩家群体中体现的侧面和重点是不一样的，因此在创作时要有一定的针对性。

下面，做的工作是把我们构思的《华山论剑》游戏的创意继续完善下去，使这个游戏最终成为完整的策划文档。

通过《游戏创意说明》可以知道，《华山论剑》这款游戏是"以武侠文化为题材，以侠义精神为主题"。

7.1.2　明确故事来源

当明确了一个主题之后，就可以围绕这个主题编写和创作游戏故事了。一个游戏中的故事就好比电影里面的原创小说，如果想把小说最后拍成电影，需要有一个把小说改编成剧本的过程。在游戏进程中的游戏脚本就相当于电影里的剧本创作。

在电影剧本中，其故事题材有可能是改编已经有的小说，也可能是剧组为某个演员或针对市场进行原创的。在原创的剧本中，一般可以分为两类：一类剧本的题材是创作的剧本，与已经存在的和大家比

游戏策划教程

较熟悉的题材关系不大。另一类剧本是根据一个大家比较熟悉的、比较受欢迎的题材作为引入。一般电影的续集就是这种情况。

游戏创作也一样，游戏故事的来源一般有原创、改编、借用等多个渠道。

1. 改编他人的小说或故事结构

要改编的小说或故事结构已经是成熟的文学作品了，游戏设计人员在改编之前，可以很清晰地了解其市场反映和服务群体，也就是，可以很好地了解有多少人在读这本小说，读这本小说的人对它的评价如何，它受到推崇的主要原因，如果一个游戏设计人员对这方面有了清楚的了解，就可以非常有针对性地设计游戏了。同时，也可以节约一些创作成本。一部被人熟知的作品，被游戏设计人员改编之后，能否被玩家认可，是存在一定风险的。

2. 原创的游戏故事

原创游戏故事的优势是显而易见的，这样的方式可以根据不同的需要进行创作，不受任何局限，并且可以大胆创新。

这种创作方法需要关注质量和市场反映。许多时候，在没有创作之前，创作者都雄心勃勃，一旦进入创作状态，发现和原来想的完全不一样。另外，一个未被市场检验过的产品是有一定风险性的，一个好的故事并不等于有好的市场。还有一个问题需要注意，就是创作成本。购买别人的版权其费用是相对固定的，自己创作成本不好控制。

3. 借用已有的题材编写新的故事

游戏故事创作中，还可以借用已有的故事题材编写新的故事。这种创作方法是找一个大家都熟悉的题材，以这个题材的故事或故事片断作为故事创作的开始，然后顺着这个顺序进行全新的编写，或在原有基础上进行改编。比如，根据《西游记》改编的《大话西游》；根据《封神榜》改编的《封神榜》；根据金庸的小说改编的《金庸群侠传》等都属于此类的方式。

采用这类方式可以使玩家对这款游戏产生一种亲切感，拉近游戏和玩家的心理距离。并且可以有很好的市场定位。这个方法也存在一定的缺点，改编的质量和创作的成本依然是需要关注的问题。

如谈到《华山论剑》这款游戏，许多人都会想起《射雕英雄传》中华山论剑的情节。按照《射雕英雄传》中的故事结构，根本无法产生任何悬念。所以，本游戏借用《华山论剑》的名字，创作了一个游戏故事。

7.1.3 确定讲述顺序

游戏故事的讲述方式可以有正叙、倒叙和插叙三种。

1. 倒叙法

倒叙法就是将玩家先放在事件发生的结果之中，再让玩家回到过去，了解事件发生的原因，或者阻止某件事情的发生，例如《MYST》这样的冒险游戏。

2. 正叙法

正叙法就是以平铺直叙的方法讲述故事，让故事情节随着玩家的遭遇展开。玩家对于游戏中所要进行的一切都是未知的，如何发展，则需要玩家进行发现或创造。RPG游戏通常采用这种方式描述游戏故事情节。如《华山论剑》同样适合采用正叙法。

3. 插叙法

插叙法是在描述故事情节的过程中，插入与当前故事相关联的另一段故事情节。比如《剑侠情缘》中主角独孤剑见到陆文龙时，插入一段陆文龙的身世传奇，这段故事情节的讲述方式就属于插叙。

7.1.4 设计描述角度

游戏的故事叙述角度有第一人称和第三人称。

1. 第一人称

第一人称的角度就是以游戏主角亲身经历的模式描述的角度，游戏让玩家控制游戏主角，玩家能感觉到自己就是游戏的主角。有些情况直接使用玩家的视角来看游戏世界，如第一视角的 FPS 游戏。第一视角游戏都是第一人称的故事叙述角度，但不是第一视角的游戏也可以是第一人称的故事叙述角度。这两个概念一个从故事的描述出发，一个从显示的视角出发。

第一人称的游戏更容易让游戏玩家产生代入感，但游戏脚本的编写则更为困难。因为第一人称得给主角一个合适的理由，让主角了解同时发生的两件事，这也是第一人称角度的局限性。

2. 第三人称

第三人称就是用旁观者的角度观看游戏的发展。通常这样的游戏，游戏玩家可以控制游戏中的多个角色，玩家可以不扮演游戏中的角色，或者充当的角色在游戏中根本不出现，比如即时战略游戏。

在第三人称的游戏中，由于玩家是旁观者，可以随意操作，把某些人物放在一边，而操作另外一些人物，看着游戏中发生的所有事情等。由于第三人称角度更灵活，如果设计得好，第三人称的表现力更强。

这两种叙述的角度都是容易被玩家接受的，但是有些游戏类型更适合某种描述角度。比如 FPS 游戏一定是第一人称的，RTS 游戏一定不是第一人称的，RPG 游戏大部分都是第一人称的。如《华山论剑》的描述角度更适合第一人称。

7.2 编写游戏故事

7.2.1 故事情节切入

任何一个故事，都是人类发展过程中的一个小片断，故事不可能脱离人类的发展轨迹独立成篇。例如，我们现在看过的所有小说和故事，以发生的时间来划分，可以把故事分为古典题材、近代题材、现代题材、近未来题材、未来题材等。随便找出一个故事，都可以按照其发生的时间，对其进行分类。没有哪篇小说写的故事情节能够脱离这条时间的线索。

在一个故事开始的时候，给玩家一个完整的时间和空间，并将这个故事产生的原因或背景告诉玩家，这个过程称为故事情节的切入。也就是说，当游戏开始的时候，要让玩家知道故事是什么时间、什么地点以及怎样发生的（见图7-1）。最简单的一个情况切入，就是我们在小时候听故事时听到的第一句话："在很久很久以前呀……" 或是 "从前呀……"

图7-1 故事情节切入

在很多情况下，游戏中的故事并不是跟着游戏开始的，而是从故事的中间开始讲起。这是有一定原因的，因为故事的开头通常会比较冗长，不够紧凑，如果直接放在游戏当中，会由于没有互动性而得不到玩家的欢迎，或者说之前的故事和游戏风格不符，一个游戏很难做到前面是 RPG 的，中间是格斗的，后来又转换为即时战略的。

因此，在游戏之前，通常会交代目前故事发生到了哪个地步，也可以把这个当成故事背景的一部分，但是更多的时候它和游戏本身的剧情具备更紧密的延续性，这个交代通常暗示了游戏进行的时候可能要完成的任务，会面临的问题和感情冲突等。

【案例】

华山——中华名胜之一，在五岳中被世人尊为西岳，以"奇"、"险"闻名于世，风景奇绝，多少人向往到此一游。遥想当年，东邪西毒、南帝、北丐、中神通等几位绝世高手，在此论剑之后，华山便成了众多武林英雄心中的圣地。多少武林豪杰梦想在此验证自己的武功，获得"武林第一人"的至尊称号。多少英雄豪杰已成往事。可"武林第一人"的比武大赛，历经数十代而经久不衰，众多英雄为此折腰。

时光飞逝，转眼间已经是 1625 年，明太祖朱元璋建立明朝已有 250 多年，朝廷政治黑暗，宫里发生"挺击"、"红丸"、"移宫"三案，同时，东林党争，使宦官魏忠贤当权。在民间，土地兼并极其严重，加之水旱灾害不断，人民生活困苦不堪。明朝的统治已岌岌可危……

北方疆域的一个边陲小镇，虽然偶有战事，但是对生活还没有太大的影响，百姓的生活还过得去。在小镇中，有一个叫祖提的孤儿，每天以砍柴为生，生活甚是清贫，他心地善良，乐于助人。

一日，天降大雪，祖提从城中卖柴归来……

故事情节的切入就是游戏的背景故事。如果一款游戏是无情节的刺激类游戏，或者只需要一个游戏背景，现在就完成任务了。如果设计一款以情节为主的游戏，现在才刚刚开始。

7.2.2　设计故事情节

交代了故事发生的时间、地点及背景之后，故事就有了一个开始，但是，一个游戏故事仅仅有个开始是不够的，还要编写许多情节使故事不断地发展下去。

1．游戏剧情的阻碍

所谓"剧情阻碍"指的是在游戏中，有些事件是玩家必须去解决的问题，这些问题也就成了玩家继续游戏的阻碍。

通常这些剧情的阻碍是由人、事、物引起的。例如，玩家可能会因为要救某一个人去执行任务，或者是为了完成某一件事而去执行任务，或者是为了收集物品去执行任务。在这些过程中，可以在阻碍中加入一些诡异的安排。例如玩家为了解救某一个人去收集某一种物品；为了得到某个人，必须去完成某件事，诸如此类，诡异的剧情在游戏中可以增加剧情的丰富性。

2．设计故事主线

在《华山论剑》这个故事中，祖提从"普通青年"到"武林盟主"是整个故事的最主要冲突，这个矛盾的解决过程就是整个游戏故事所要表现的内容，当冲突消除时，这个故事也就讲完了。如果将这个冲突换成另外一个冲突，故事情节将全部被更换。像这样能够体现故事最根本冲突和矛盾的，称之为故事主线（见图7-2）。

图7-2　故事主线

一个故事有了故事的主线，也就有了最主要的冲突内容。

3. 分析解决条件

当我们非常清楚地知道一个武林第一人所具备的条件时，就可以在故事情节上安排故事角色经历某种事情，并获得所需要的条件。当所有条件都满足之后，安排某个特定的场合或情节，就可以使之成为现实。初步分析，以下三个条件是获得"武林至尊"的基本条件。

（1）武功。拥有一身深不可测的武功是必不可少的条件。

（2）背景。仅仅有武功，很难使玩家与游戏中的江湖世界产生一种归属感，也很难获得一种江湖的认同。所以有一个背景，使之融入整个江湖的氛围，是另外一个重要条件。

（3）威望。一个人进入江湖，有一身卓越的武功，并不代表可以获得整个武林的尊重，要安排一些情节，使角色获得一些威望。

这三个条件都比较泛泛，无法具体地安排情节。比如，如何获得武功？会什么样的武功？有怎样的背景？如何获得背景等？这时候就需要把冲突细化，使之成为可以执行的条件。比如，一个人获得盖世武功的途径，常规情况有两种，一种是遇到一个名师，另一种是获得一本武功秘籍。把分析的结果用图示进行表示（见图7-3），能比较清晰地看出具体的逻辑结构。

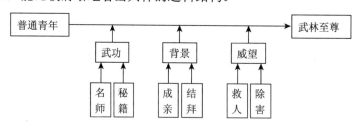

图7-3　逻辑结构

4. 安排故事情节

现在已经明确了游戏故事的主要冲突和矛盾，也清楚了解决矛盾和消除冲突的条件。把这些条件，按照日常生活的形态，以合理的方式进行表达，就是安排游戏故事的情节。

如将《华山论剑》全部的故事情节用流程图的方式进行表达，设计一个相对完整的故事情节，如图7-4所示。

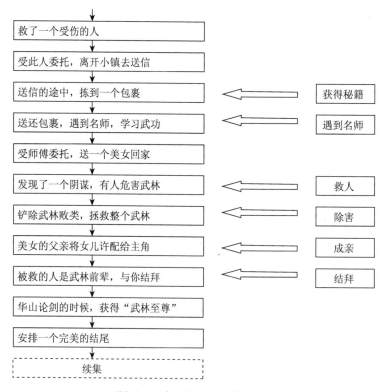

图7-4　《华山论剑》故事情节

5. 预知的游戏剧情

一般而言，预知的剧情通常被放置在游戏的最初阶段，用来交代剧情，最主要是要告诉玩家接下来的游戏目的。以《巴冷公主》为例，游戏一开始，玩家会看到巴冷和阿达里欧在溪边相遇的情景，当巴冷和阿达里欧面对面接触的时候，阿达里欧却化成了烟雾，消失在空气中，顿时，巴冷从床上惊醒过来，玩家会发现之前的游戏画面是巴冷的一场梦，但是这个梦却展开了巴冷和阿达里欧之后的冒险过程。在上述例子中，可以看到游戏的预知性，巴冷在游戏中冒险，巧遇阿达里欧、卡多、依莎莱等伙伴，并且剧情始终让巴冷环绕在阿达里欧的生活中，最后两人相爱，这些剧情都已经在游戏开始的时候做了铺垫。这种预知性的表现形式让玩家强烈地想了解巴冷与阿达里欧之间是如何相爱、生死与共的，因此可以创造出游戏的延续性，吸引玩家看完游戏故事剧情。

6. 情节转移

情节转移是将游戏的故事情节转向，目的是让玩家朝另外一个全新的方向进行游戏，如史克威尔公司推出的《最终幻想10》。故事开始主角一直环绕在女主角"召唤师"的剧情中，玩家感觉主角是为了保护女主角参与故事中的所有任务。直到游戏末期，主角的角色才被渐渐地突显出来。原来故事的前因后果都是以主角为主轴，女主角的故事只是包含在其中的一小部分。这种情节转移的手法，不但让玩家感受到除了女主角以外的故事剧情，还可以感受到另一种崭新的故事风格，并且使前面发生的故事变得更加合理。

7. 悬念的安排

在游戏中经常会看到一些很奇怪的安排。比如在游戏中，主角经常会遇到一个打不死的敌人，使得玩家所操控的角色很容易被这种敌人打死。在游戏中，这种打不死的敌人有存在的必要性。比如在游戏初期设定一个这样的敌人，它可以更强化玩家对游戏冒险的决心，不过这种敌人的出现要有非常合理的交代，才不会让玩家有一种突如其来的错愕感。比如，描述游戏中某个敌人有很强的能力时，可以将它的特性突显出来，由周边的一些物品或者人物衬托出它是一个打不死的怪物。在游戏中，主角在一个洞穴里看到满地的骨骸、尸体，或者在两旁的墙壁上，有许多人被不知名的液体封死在上面，以这种简单的手法让玩家进入洞穴的同时，感受到其中的恐惧与紧张气氛。

诸如以上的剧情安排，可以把它称为"悬念"。这种"悬念"的气氛可以带给玩家一种精神紧绷的刺激感，游戏中的剧情也就更容易潜移默化地被玩家接受。

7.2.3 游戏故事的结尾

在设计游戏故事的时候，故事的结尾是比较重要的部分。目前流行的游戏故事结尾通常表现为两种主要的形式，一种是完美型，整个游戏故事最后有一个非常完美的结局；另外一种是缺憾型，游戏故事结束的时候，有一个或若干个小的冲突或矛盾没有解决，给玩家一种意犹未尽的感觉。

故事结尾的内容和结构与游戏开发策略有着直接的关系。游戏故事的结尾如果是缺憾型的，其主要目的是为了给游戏的续集开发做铺垫。这不是说一个游戏采用了完美型的故事结局就不能进行续集开发。采用缺憾型的结尾主要好处是为了日后的宣传，并在游戏结束的时候给玩家一个悬念，引起玩家的重视。

由于人类心里有一种趋圆性，一件没有完成的事情，总会设法去完成。所以，采用缺憾型结尾的游戏故事通常会取得一些效果。效果的好坏主要取决于玩家对这款游戏的投入程度。

7.3 游戏故事的交互式结构

如果游戏的故事是交互式的，如何处理玩家的操作对故事发展的影响是非常重要的，如果没有任何限制，故事的发展可能有不可预测的结果，这样的形式就如同现在流行的网络游戏，故事只有涉及的到玩家才真正清楚，这样的结果并不是一个希望有明确结果的非网络游戏所希望看到的。如果不允许玩家进行选择，这个故事就非常没有趣味性，从而缺乏交互性。

7.3.1 单线式结构

最为简单的处理交互式发展的方式有两种，一是按照预先设置的发展步骤发展，二是死亡的模式。为了更好地叙述故事，游戏被划分成若干小的部分，每一部分都要求玩家完成固定的操作，以便完成故事的发展要求，如果要求没有完成，游戏不允许玩家进入下一步游戏流程。这种没有分支，每个条件依次完成，完成一个条件，生成下一个条件，直到游戏结束的结构方式，叫单线式结构（见图7-5）。

这种讲述故事的方式在 RPG 游戏中最为常见，比如在《仙剑奇侠传》中这种单线式结构比比皆是。而 C&C 这样的即时战略游戏，要么战胜对方进入下一关，要么死亡。这种故事的发展模式就是单线索的，玩家必须完成预先设置的目标才是成功的结局。只要有任何一处没有完成，就是失败的结局。

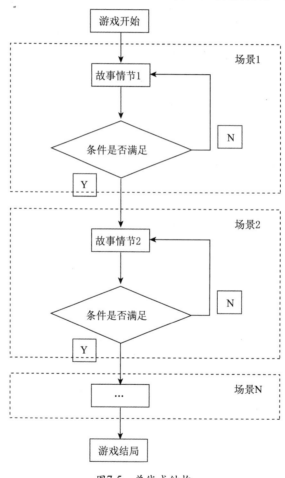

图7-5　单线式结构

如《华山论剑》的情节安排采用的就是线性结构。所有的情节必须依次满足条件，游戏才能顺利进行下去，如果没有满足条件，游戏的其他情节就无法展开。比如，当主角拣到一个包裹后，必须把包裹送还，只有这样才会遇到名师，否则就不可能遇到名师，也无法继续进行游戏。

7.3.2 非线性结构

非线性结构也是一个优秀游戏必须具备的条件，但在具体的设计中却被很多游戏设计人员遗忘或者遗漏。非线性和游戏的互动性紧密相关。一般来讲，非线性因素越多，游戏中不可预料的结果就越多，游戏也就越好玩。

游戏的主要特征就是非线性，比如在下棋的时候，玩家可以有多种下法，每种下法都有可能战胜对方。当游戏设计人员提到非线性的时候，是指游戏从开始到结束有多种方法供玩家选择，玩家可以沿着不同路径前进。

设计不同分支点的时候，一定要注意分支之间难度的平衡性，如果给出的选择可以很容易让玩家确定其中一个是比较正确的，那么设计人员辛辛苦苦设计的分支就没有应有的作用。正确的方法是玩家并不能确定哪种选择是正确的。

有些设计人员希望玩家经历为玩家设计的每一个元素，他们会强制玩家必须经历所有的路径，担心辛苦设计的内容没有被玩家玩到，这样游戏又变成线性结构了。只有非线性，才能让玩家在多次玩游戏的时候，每次都有新体验，使游戏变得更耐玩。

1．非线性的含义

当一个东西是线性的时候，是指这个东西会沿着一条线行进，就是说，当它经过 A 的时候，他必然也会经过同一条直线上的 B。这个比喻用在艺术领域，主要用来描述一个事物发生的可预知性和必然性，这些东西对于游戏可是大忌。

2．非线性的目的

从一定意义上讲，包含非线性的游戏是让玩家按自己的选择方式编写故事，而如果游戏没有非线性，那么只有设计人员设计的故事存在了，玩家好像被束缚住了，没有任何主动性。即使这个固定发展模式下的挑战也许构思很好，但是玩家除了按照顺序来玩没有任何其他选择，那么慢慢地游戏的乐趣就减少了。因此，游戏非线性的主要目的是增加游戏的可玩性。此外，非线性游戏可以具备更大的耐玩性，一个游戏如果所有的问题都被解决了，所有的情节都被经历了，那么这个游戏基本上也就没有什么意思了，玩家不会重新来玩这种完全重复的游戏。对于非线性的游戏，玩家再次玩这个游戏的时候，会主动选择其他支线故事，享受新的故事情节。

游戏设计人员需要清楚，非线性不是让玩家毫无目的的在游戏世界中游荡。如果在游戏的一个非线性选择中玩家不知道该进行什么样的选择，或者不知道应该怎样做，这个选择点设置的就有些问题了。如果在游戏世界中，玩家没有任何限制，可以随意做自己想做的，这样游戏就很难引导玩家完成预先设置的剧情。大部分游戏需要设计人员给予一些提示，以便玩家按照一定的轨道揭开游戏中的谜题。

3．构成非线性的因素

设计不同的游戏情节，设计玩家完成游戏的不同挑战过程，设计玩家排除这些挑战的不同顺序，以及玩家选择遭遇到各种挑战的不同过程。所有这些可能性的选择构成了游戏的非线性成分，非线性成分越多，玩家的可能体验就越多，同时，不同非线性成分之间的组合互动比简单组合要精彩得多。

（1）非线性剧情设计。可以在游戏的剧情中设计多种可能性。一个非线性的故事剧情是和非线性的游戏紧密相关的，如果游戏本身只提供给玩家很少的选择机会，玩家基本没有可能经历剧情设计中的一些情节。非线性的剧情要求更为复杂的设计和开发。

（2）多种解决问题的途径。一个设计优秀的游戏应该提供给玩家多种解决问题的途径，允许玩家提出自己的解决方法。不同玩家解决同一种情况时所考虑的方法是不一样的，如果这些方法都合理，游戏就应该允许玩家用这种方法解决问题。

（3）玩家玩的顺序。有些时候，玩家希望能选择解决挑战的顺序，很多冒险游戏经常犯的错误就是只允许玩家在解决完一个问题的时候，才能解决下一个问题，这就是一种线性的思维方式。如果允许玩家选择游戏的顺序，玩家就可以在遇到问题的时候先放一放，可能稍后会有更好的机会和精力来解决这个问题。

（4）玩家的选择。有些游戏设计的问题允许玩家只解决部分问题就算过关，例如在冒险游戏中，洞穴中有一条岔道，进入左边可以解决问题 1，进入右边可以解决问题 2，玩家没有必要解决这两个问题。这两个问题可以有不同的经验、财富、物品，甚至会对故事发展和结局有不同的影响。

4. 非线性结构的种类

（1）橄榄状结构（见图 7-6）。橄榄状结构的游戏故事只有一个开头，同时也只有一个结局。这一点与线性结构相同。不同的是，在游戏过程中，它存在一些分支，但这些并不影响游戏的结局。如游戏《金庸群侠传》。

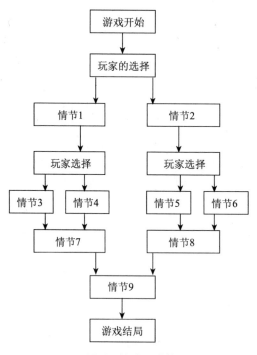

图7-6 橄榄状结构

（2）树根状结构（见图 7-7）。树根状结构的游戏故事有一个开始，多个结局。游戏过程中出现了各种分支，故事情节根据玩家选择的不同，将会产生不同的结局。如日本史克威尔出品 SFC（超级任天堂）游戏《时空之钥》。

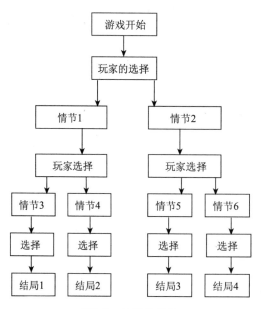

图7-7 树根状结构

游戏策划教程

（3）树冠状结构（见图7-8）。树冠状结构与树根状结构正好相反，具有多个开始，但只有一个结局。如史克威尔出的SFC游戏《浪漫沙加3》。

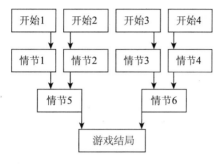

图7-8　树冠状结构

（4）网状结构（见图7-9）。网状结构是指游戏故事结构像一张网，玩家可以从任意地方开始，也可以随意向任意的方向发展。在单机版游戏中，网状结构只是在理论上存在。目前流行的网络游戏比较接近网状结构。

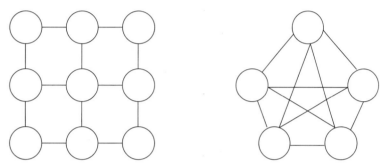

图7-9　网状结构

5．真正的互动故事

真正的互动故事应该是玩家真正影响故事的发展，在计算机中实现如此的智能是比较困难的，计算机不可能像人一样动态的跟踪故事的发展。所以，游戏设计人员只能在可能发生动态故事的场所中，预测玩家可能会提出的问题，想去的地方和想说的对白，然后引导玩家按照预先设置的线索发展。这是一个巨大的任务，无论游戏设计人员有多少预测，也不可能完全预测到每个玩家想尝试的事情，但是至少游戏允许有不同的玩法，而不是完全定义一个唯一的玩法和模式。

6．给玩家留出空间

玩家最为关心自己创造的故事，而不是游戏预先设置的故事，预先设置的故事对于玩家一次就足够了，玩家每玩一次游戏，就能创造不同的故事。游戏设计者只能掌握预设的故事，无法完全了解玩家创造的故事，因为玩家的故事千变万化。给玩家留下空间，一定会让游戏的可玩性得到提高。如在C&C的某一关内部，玩家有多种选择来建立不同模式的部队，采用不同的方法和敌人战斗。

7.4　非线性结构的故事设计

7.4.1　多层矛盾设置

所谓多层矛盾设置是指将若干个小的悬念和冲突同时给玩家，这些矛盾的解决没有先后顺序，玩家可以按照自己的想法选择完成次序。当玩家完成所有的悬念和冲突之后，可以完成一个相对完整的任务。

【案例】

在《华山论剑》中，解救武林人士的时候，角色需要去牢房救人，牢房中有三个单独的房间，玩家可以选择从任何一个房间开始，当三个房间的人都被救出来以后，完成救人任务（见图7-10）。

图7-10 《华山论剑》中的多层矛盾设置

7.4.2 连环矛盾设置

在构思和安排情节的过程中，一次只给出一个矛盾和冲突，玩家解决完矛盾和冲突之后，再将下一个矛盾和冲突抛给玩家，这种方法叫连环矛盾设置。

【案例】

假设在《华山论剑》中，角色要到某个地方探听消息，需要从甲地到乙地，在路途中需要经过一扇门和一条小河。当角色找到钥匙打开门后，才看见小河（见图7-11）。

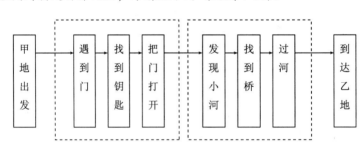

图7-11 《华山论剑》中的连环矛盾设置

7.4.3 分支矛盾设置

分支矛盾设置是指在解决前一个冲突的时候，安排下一个矛盾冲突，为情节下一步进展做好铺垫。

【案例】

在《华山论剑》中，如果安排主角在准备去救武林人士之前，被护送的美女突然消失或被人绑架，也就是说，角色在完成"救人"这个情节冲突之前，又发生了"救美女"的情节冲突（见图7-12）。

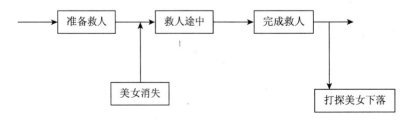

图7-12 《华山论剑》中的分支矛盾设置

游戏策划教程

7.5　游戏角色塑造

主角是游戏中的灵魂，只有出色的主角才能让玩家在游戏故事的虚拟世界中流恋忘返，才能演绎出动人的故事。因此，如果能成功设计一个与众不同的主角，游戏也就成功了一半。

主角通常是一个勇敢、善良、风流、潇洒的年轻人，这是角色扮演型游戏的一个法宝。这种形式的主角可以得到一批年轻玩家的欣赏。游戏的主角也可能是一个大好大恶或者忠奸难辨的角色，有些时候，带点邪恶味道的角色更容易使游戏成功，或者说，游戏设计人员能让玩家对主角又爱又恨，产生强烈的复杂感情，玩家就会更想看看这个主角到底要做些什么，在游戏中到底还有没有奇遇，结局和下场是怎么样的等。这样亦正亦邪的任务反而比简单的善良主角更容易抓住游戏玩家的心。这样性格的人物更符合玩家在潜意识中对自己的期望。

如果刻画出来的人物过于大众化、偶像化，也不会受到欢迎，玩家已经在电视中受够了呆板而且庸俗的偶像，不乐意在游戏中见到这样的形象。主角应该有自己独特鲜明的个性和形象，这样才能带领玩家进入丰富多彩的游戏世界。

7.5.1　角色设计层面

作为一个游戏的角色，一个有生命特征的形象，在游戏设计过程中是相当复杂的，需要多个岗位进行协作，进行多层设计才能完成。游戏角色设计一般情况下分为形象特征、属性特征、性格特征、人物背景四个层面。

1．形象特征

形象特征是指一个生物的外在形象。这部分设计包括面部特征、身材特征、服饰特征等内容。

游戏角色的这部分设计和创作一般是原画创作师根据文档的相关描述进行原始的原画设计，并在纸上绘制成角色形象。然后，3D建模师根据这个人物形象，在三维软件中进行相关制作。

2．属性特征

属性特征是指游戏角色所具备的基本属性特征。这部分设计包括语言、行为、生命状态等内容。

角色的属性特征一般情况下是在游戏元素和游戏规则里进行设计。游戏元素中的角色设计主要是设计角色的主要参数，游戏规则中主要设计这些参数如何变化。比如生命值、攻击力、防御力等都是角色的属性特征。

3．性格特征

性格特征也可以称为思想特征，可以包括语言、表情等内容。性格特征一般是在行为特征之上的。一个普通的NPC角色设计这两个层面就可以了，如果角色是主要角色，仅有这两个层面就显得单薄一些。角色的性格特征一般在游戏故事里完成，如果游戏没有故事背景描述，可以在游戏元素中进行描述。

角色的性格特征可以是设计师设计好的，也可以是玩家通过自己的行为进行性格的塑造，通常有两类方法：一是，根据玩家的操作确定其性格特征。这种方式是给游戏角色设计一些相关的性格参数，并制定相应的规则，随着游戏的进程和玩家的操作，其性格参数不断变化，最后形成对游戏角色的性格塑造。二是，预先设置好角色性格让玩家挑选。在游戏开始的时候，有若干个游戏角色等待玩家进行挑选，这些被挑选的角色拥有固定的性格，玩家一旦挑选了某个角色，其性格就不能再改变了。也就是说，这种方法只有在玩家选择角色的时候，有一个简单的交互。

4．人物背景

有人物背景的游戏角色一般都是主要角色或与主要角色联系非常密切的角色。其主要设计目的是增加玩家的代入感,使玩家对自己扮演的角色有一个比较强烈的认同感。人物背景的设计常用以下几种方法。

（1）设计完整背景。这种方式一般适用于以游戏故事为主的游戏中,可以充分、详细地展开对角色的描述。对一个角色的背景描述可以包含以下多个方面。

1）出生地点与出生日期。

2）星座。

3）兴趣爱好。

4）宗教信仰。

5）天分与缺点。

6）生活目标。

7）独特个性。

8）最激动的时刻。

9）最害怕的事情。

10）最大的敌人。

11）最好的朋友。

12）喜欢的宠物。

13）喜欢的食物。

14）喜欢的颜色。

15）喜欢的化妆品。

16）印象最深的事物。

17）超级英雄的特征。

18）父亲母亲、家族背景、社会关系。

19）生活中的 3 个重要转折点。

可以根据游戏的题材选择一些有用的角色背景因素。比如设计一款武侠题材的游戏,设计的角色是一个武林英雄,人物的背景是"喜欢的化妆品",这样的设计会使玩家有一种怪异感。

（2）给玩家充分想象的空间。这种方式比较适合无剧情的刺激类游戏,这类游戏的背景故事所占比重比较小,可以通过服饰、行为、语言、场景给玩家一个充分想象的空间。如超级任天堂的《马里奥》就是一个非常成功的案例。

7.5.2 角色的发展主线

1. 平凡世界

现实世界中以玩家第一次遇到主角开始,并向玩家介绍背景材料和正常的状态。主角的平凡世界用于引出情节,让玩家感觉到游戏中的主角即将进入的是一个不平凡的世界。对主角的平凡世界的介绍通常与序幕结合在一起,一般来说,序幕采用以下两种形式:一是,通过直白描述的方式将主角身上的时间告诉玩家,为即将发生的故事建立一个环境。二是,提供特殊世界的片段,方法是披露将与主角发生冲突的特殊世界中的事件,或者预示即将发生的事情。必须密切关注背景故事,以及将这些故事向玩家披露的方法告诉玩家,而避免一次就说得干干净净。直白地将主角的背景故事和动机的细节说出来并不是一种受玩家欢迎的方法。优雅地披露背景故事,让玩家花点工夫把点滴材料综合在一起。这是一个有益的经验,它让玩家觉得似乎已经得到了尚未披露的某些东西。

预示是讲述故事的一个有力技巧。例如在《半条命》的序幕中,非交互性的开场场景告诉了我们关于福尔曼博士的故事,他在绝密的黑山研究实验室得到了一个研究职位。当福尔曼乘坐地下单轨铁路到达第一道安全大门时,他瞥了一眼研究实验室的平凡世界。在整个历程的某些点上,福尔曼的注意力集中在各种各样的建筑和设备上,这些东西将在灾难发生时在特殊世界发挥极大的作用。另一个十分明显地预示出灾难即将发生。当实验失败、出现巨大的裂缝时，福尔曼被运送到各种陌生的场所，看到各种陌生的风光和人物，这（对福尔曼来说是未知的东西）预示了即将到来的事情。正是由于特殊世界与平凡世界的对照，才使得预示性如此地有效。这种做法让玩家感到疑惑，从而减缓了游戏对玩家心理提示的过程。易受心理提示的玩家更易于沉迷在游戏中，游戏设计者希望引起玩家疑惑的目标就容易达到。

2. 冒险的召唤

冒险召唤是主角离开平凡世界进入险象环生的特殊世界的第一个模糊意识。玩家预先知道主角将进入特殊世界，因此让玩家吃惊是十分困难的，设计者可以把故事情节引导到玩家意想不到的荒诞事情上。但更安全、更容易的方法是利用玩家的期待、增加玩家参与的层次，让玩家急不可待地进入特殊世界。但是增加的层次不要太长。玩家买游戏的目的是为了玩游戏，而不是为了等着游戏设计者让他玩游戏的时候才玩游戏。

通常情况下，冒险召唤是个人对主角的召唤。任天堂就广泛地利用了这项技术，特别是在 MARIO 系列游戏中更是如此。通常是公主被俘，无敌英雄 MARIO 急切地要拯救公主。整个 MARIO 系列游戏中贯穿的都是这样一条主线。

很多情况下，并不需要在个人对主角的层面上进行召唤。外部事件也能够起到冒险召唤的作用。大范围发生的某个重大事件也可以用做召唤。在这些情况下，主角的行为准则（或其他动机，比如诱惑）驱使主角进行冒险。

在一般游戏中更安全也更为人们所接受的诱惑就是贪婪。例如，许多游戏都使用古老的"赚尽可能多的金币"或"寻宝"模式作为冒险召唤。很多游戏将寻宝作为第二层召唤的手段，比如在 MARIO 系列中，第一层召唤是拯救公主，第二层召唤是在拯救过程中获得财富。

某些时候，召唤会以信使、人物原型发出消息的形式出现。信使并不一定是主角的盟友。使用信使作为传递召唤的手段的示例在很多游戏中都出现过。比如在黑与白中，代表玩家善良方和邪恶方的两个导师人物争夺玩家的注意力。这两个人物都找玩家去冒险，一个代表善良，另一个代表邪恶。

3. 遇到第一道门槛

在主角接受冒险召唤之后，需要迈出第一步完成历险。为了进入特殊世界，主角必须有心理准备、鼓起勇气，并完成一些准备工作，以便自信地踏上陌生的、毫无经验的征途。主角通常会表现出忧虑、焦急以及恐惧，但不管怎样都会迈出第一步。这是一个将玩家与主角形成一种生死与共的时刻，方法是引入一些使其关心的事情。通常在这里放置门槛。所谓门槛可以是主角自己的忧虑、主角同伴的恐惧、主角所寻找并要战败的敌人的警告以及上述各种情况的组合。当跨越了冒险的第一道门槛之后，就没有回头路了。接着进入到下一个阶段，特殊世界中的冒险真正开始了。

4. 试炼、联盟与敌人

跨越门槛是第一项实验。在这个阶段中，主角要经历许多类似的实验。该阶段通常是游戏情节中最长的一个阶段，它构成了游戏主体。在这个阶段中，主角在特殊世界中经历各种冒险，在征途中遇到各种各样的人物。对于大多数游戏，玩家遇到的人物可以是盟友或敌人，也可以是非敌非友的中立人物。在复杂的游戏中，故事情节是考虑的重点，游戏的这个阶段将会出现更多的人物。例如，情节严谨、完美的角色扮演游戏多次组合和使用所有的核心人物。

故事情节中这一阶段的主要目的是为了未来严酷的考验测试和锻炼主角。这里，期望主角可以学会其并不熟悉的规则，并习惯特殊世界。在逐步增加的难度测试中，主角联合盟友并与敌人战斗。依据游戏内在的特性，主角实际能够与敌人作战与盟友联合的机会都是有限的，或者说是预先设定好的，绝大多数游戏都是这样处理的。主角遇到的主要人物是敌人，盟友是少数。这种做法可以向游戏中添加更多趣味要素。即使这些要素并不具有交互性，也是可以的。

5．严峻的考验

严峻的考验是最终的测试，即与对手作战。这是故事情节中的最终决战。到目前为止，主角或许已经经历了各种严峻的测试，但这一次是更现实的考验。游戏达到高潮，最后的报偿即将到来。

许多游戏都遵从这样的模式。通过增加让玩家战胜强大对手的方法使游戏告一段落。比如《暗黑破坏神II》、《半条命》等游戏都是这样处理的。

在严峻的考验过程中，设计者会让玩家与主角进一步地融合。有时可以采取下面的方法达到这个目的：在击败看上去不可能战胜的敌人之前，让主角处于似乎就要被战胜的状态。

在严酷的考验过程中，主角面对的是最终的敌人。失败意味着最终和绝对的完蛋。胜利意味着得到报偿和最终的成功。然而，有时候胜利有多种途径和多种层次，并且其中一些胜利不是显而易见的。

6．奖励

在最终的敌人被战胜后，就可以告知玩家获得了报偿。报偿有多种形式，并且并非所有的报偿都是正面的。某些报偿可以是负面的，即主角试图避免但又不能避免的某些东西。更常见的情况，报偿是正面的，即使看起来不是给玩家的报偿。例如在 Planescape:torment 中的报偿是死亡率和死亡预示。许多游戏到此结束。有些游戏作为最后一幕展示剩余的情节，有些游戏则只作为最后阶段的开始。在某些情况下，报偿不一定必须与主角在故事情节开始时期所期待的报偿相同。比如在《半条命》中，福尔曼的最初目标是逃离成群外星人的实验室，但在故事结束时，回报以及成功带来的潜在报偿更高。

7．载誉而归

现在故事情节已经结束，主角回到了平凡世界，恢复了正常生活。玩家看到了主角享受报偿的喜悦，故事至此结束。这是循环往复故事情节形式的最后一个阶段。故事情节完全返回到起点，这样就能够在主角的前后之间进行比较了。

并不总需要自圆其说的故事存在。有时候留下一些悬念也很好。故事情节结束的一种常见形式是"新故事的开始"。在这种类型的结尾中，游戏结束后的很长时间玩家依然在回味无穷，为续集留下悬念。

应用这种手段最明显的示例是《半条命》，这个故事情节包含了一个最后一分钟的情节转折。正当玩家认为福尔曼就要逃脱时，黑暗中一个人（这个人在整个游戏中都在注视着福尔曼）与福尔曼搭话，并向他提供了两个选择。

习　　题

1. 用一个你熟悉的游戏，并详细说明这个游戏使用了什么样的故事背景（中国古代神话、科幻、龙与地下城等）。

2. 找一个 RPG 游戏，并说明这个游戏采用了怎样的叙述模式，并分析采用这样的叙述手段对整个游戏进程有怎样的帮助。

3. 分析一个游戏主人公的形象特点和性格特征，并说明为什么这个人物会给你留下深刻的印象。

4. 尝试设计一个人物形象，并通过文字描绘出这个人物的形象特点、属性特征以及性格特征。

5. 从第三人称的角度，为上面创造的人物形象设计一个故事，并详细说明这个角色的发展主线。

第 **8** 章
设计游戏元素

主要内容:
 ※ 游戏元素的编写和设计
 ※ 游戏角色、道具的设计
 ※ 实体对象的设计
 ※ 游戏元素的形象设计

本章重点:
 ※ 游戏元素的设计原则和编写
 ※ 游戏角色、道具、实体形象的设计

学习目标:
 ※ 了解游戏元素的设计和编写原则
 ※ 了解游戏角色、道具、实体对象的含义、设计
　 和作用

游戏策划工作是一项非常复杂而繁琐的工作，进行游戏故事的编写仅是游戏策划工作的一部分。如果一个游戏策划方案只完成了游戏故事部分，从某种意义上说，真正的设计工作还没有开始。

游戏的特点是具有交互性，但并不意味着游戏中任何环节、任何部分都可以进行交互，比如，游戏的运行规则和公式、游戏界面等就不会随着玩家的操作实时改变。虽然玩家可以进行不同程度的设置，但是这种设置与玩家在游戏中的行为无关，这种设置并不能体现游戏的交互性。

游戏与玩家进行交互的部分分为角色、道具以及游戏场景中的某些物体。角色的交互性是最明显的，人们常说的"练级"，就是一个典型的交互属性，角色根据玩家的操作不断进行等级提升。游戏中道具的交互属性也比较明显，玩家随着道具的使用可以进行多种状态的变化，比如恢复体力、攻击敌人……还有一种就是某些场景中的实体对象，比如，一个可以根据玩家的选择进行开关的门。角色、道具、实体对象等，在游戏中都起着非常重要的作用。

剥掉观看故事带来的代入感和在未知环境中探索的冒险感，角色扮演归根结底是玩弄数字模型的游戏，是用数字对人生经验简化的模拟再现，即付出—成长—回报。这个模式遵循基本的三原则：简化、量化、可视化。

简化是必然的，有限的游戏设计绝不可能仅局限于现实生活的复杂程度，只能在某种程度上进行模仿。玩家选定一个数字模型（角色）作为自己的化身，通过常规性的游戏活动（战斗、执行任务），看到它成长，日渐变强，得到成就感，得到满足。

"成长"被量化，用数字上的积累体现出来，通常被叫做"级别"、"经验"、"熟练度"等。有一些玩家厌烦网络角色扮演游戏中等级的概念，希望能减弱甚至取消它。实际上，成长是最能延长游戏时间的设计。在大量的非角色扮演游戏里引入了成长的概念，即使是简单的炸弹人游戏，玩家的角色也有等级。

RPG游戏是当前的主流游戏，在RPG游戏中，玩家在游戏里付出，系统将给予回报，回报分为两种：一种是可预期的，另一种是不可预期的。可预期的回报是主要的，"变强"即数字变大本身就是最重要的回报，但游戏通常会给予玩家更加直观的报偿，让玩家觉得努力是有价值的。例如，能够升高一个等级，能够学会一个特技，能够发出更大、更有威力、更绚丽夺目的招式，能够去原先无法到达的地方。在有的游戏里，可能会允许玩家自己命名一件装备或者建立一个门派，在单机游戏里这样玩家能够更进一步地了解故事剧情，解开游戏中的谜题。

在可预期的回报中，游戏的付出与回馈机制是确定的，并将这个机制展示在玩家面前。玩家在开始游戏之前，就知道能得到这些东西。这相当于游戏世界和玩家签订契约，即只要努力战斗，就能得到这些东西。一切是玩家可认识和可控制的。

不可预期的回报则提供另一种给予的方式。首先，这个回报机制对玩家是隐藏的，玩家并不知道能否得到它；其次，很多情况下，在不可预期的回报中，付出与回馈的机制存在一定的随机性。从用户的层面来看，玩家只能看到结果，不知道它如何发挥作用。不可预期的回报可以称之为"惊喜"。通常，它不会成为一个传统角色扮演游戏主要的回馈系统，只是作为附加的奖励来刺激玩家。

将不可预期的回报作为游戏的主回馈系统，较为经典的案例如《沙加》系列的随机技能系统和以《Diablo》为典型代表的魔法道具随机掉落系统。玩家知道，只要杀怪，就有机会掉出宝物，但玩家不知道能在哪一次战斗后得到道具，也不知道自己能得到什么道具。

回报将成长的概念具体化，阶段性地提供给玩家，使游戏的目的始终能够维持下去。

8.1　游戏元素

角色、道具、实体对象都具有与玩家进行交互的属性，可以根据玩家的操作改变某部分属性，这种在游戏场景内可以与玩家进行某种方式交互的虚拟物体，叫做游戏元素。

游戏元素是游戏中与玩家交互的主要部分，在游戏设计中游戏元素的设计都相当地丰富。一款游戏的角色、道具以及实体对象的设计是否丰富，直接影响到游戏的可玩性。试想，如果玩家进入一款游戏，里面的游戏元素特别少，玩家只能拿着一把剑砍来砍去，不知道玩家会对这款游戏保持多久的热情。

　　游戏元素是玩家在玩游戏的过程中接触最紧密、最直观的部分，也是一般游戏策划爱好者最熟悉的部分。这部分是写得最详细的。另外，这部分的设计和策划，要求设计者有丰富的想象力，也是游戏设计者和策划者最容易进行发挥的部分。

8.1.1　元素的编写

　　编写元素，在讨论任何偏向于系统创意的设计之前，先阐述游戏设计者对游戏的理解是必要的。这有助于设计者理清思路，也有利于玩家了解设计人员的想法。

　　游戏元素部分既要能给美工设计小组提供足够的信息，也要能满足程序开发小组的要求。美工组需要确定所有游戏元素的艺术构想，程序开发组则希望把游戏元素和游戏机制以及 AI 部分有机地结合起来，以便全面了解游戏该如何编写。理想情况下，开发小组在前期应该更依赖于游戏机制和 AI 部分。因此，游戏元素部分在分类描述的时候，要同时考虑美工和程序员的问题。

　　在列举和描述这些游戏元素时，要尽量避免给游戏元素分配具体数值。在得到一个可运行的游戏来检测 AI 行为或武器适当地平衡游戏元素以前，无法预测有关物品和敌人等细节。在游戏开发前提出这些数值，没有机会进行平衡与修正，这样做会浪费开发人员大量的时间。

8.1.2　元素的设计要素

　　无论是游戏中的角色、道具，还是实体对象，其构成要素一般包括形象特征和属性特征两个部分。属性特征又可以细分为属性名称和属性状态两个部分。

1．形象特征

　　"形象"是指游戏元素的视觉特征，即我们看到的游戏元素的具体形状。

　　不同游戏元素的形象特征并不相同。角色的形象特征是一种生物形象，基本上可以分为具体形象和抽象形象。所谓具体形象，就是以现实环境中的真实生物作为原型进行设计，比如，游戏《星际争霸》中的"人族"里的生物形象。所谓的抽象形象就是在现实环境中根本见不到的形象,比如游戏《星际争霸》中的"虫族"里的生物形象见图 8-1。

图8-1　《星际争霸》

　　道具的形象特征根据用途的不同也不一样。道具的形象特征基本上与现实中真实物体的形象相近，或者与物体的抽象意义类似。比如，进行补血、补充体力等实用类型的道具一般情况下有两种形象特征，一是在现实生活中可以食用的东西，如草药；二是装载食物用品的容器，如一个装草药的瓶子。

在游戏场景中，实体对象是种类比较多的，比如，建筑、树木等都属于实体对象的范畴。在实体对象中有一部分是可以与玩家进行交互的，比如，一个被炸毁后可以重新修复的桥；一个可以开关的门等。另外一部分不能和玩家进行交互，比如，无法变换的树木、房屋等。这里所说的实体对象指的是前者。实体对象的形象特征一般情况下与真实环境中的实体形象相同，功能也类似。

2．属性特征

现实生活中，每个物体或每类物体都有其特有的属性。比如，我们在填写简历的时候，要填写姓名、性别、年龄、身高、体重等，这些是"人"所具有的属性。再比如，人们在买一款笔记本计算机的时候，关心的 CPU 类型、内存大小、硬盘容量等，这些是一款计算机的相关属性。在《暗黑破坏神》中人物的基本属性包括力量、敏捷、活力、法力、生命值、魔法值等，见图 8-2。

图8-2 《暗黑破坏神》中的人物基本属性

（1）属性名称。姓名、性别、年龄等是一个人的"属性名称"，在这些信息栏里填写的个人信息，就是这个属性特征的"取值范围"。两者组合在一起，构成了一个完整的游戏元素的属性特征。

属性特征也是游戏元素的重要构成要素。所谓属性特征，就是游戏元素所具备的、不可缺少的性质。

在游戏中，游戏元素也有其相关的属性特征。例如，在 RPG 中的角色属性一般包括攻击力、防守力、体力等。道具也有其属性特征，如一件装备类道具，在装备之后，角色的攻击力增加行动速度减弱，这种现象就是道具属性的体现。实体对象也有其相关属性，如"可以修好的桥"就具备一个"完好度"的属性。

（2）取值范围。游戏元素仅有属性名称是不够的，没有取值范围就无法区分每个玩家。一个游戏中，玩家不管如何练级，其等级都不变或全部一样，这个属性特征就实在没有设置的意义。只要设置了属性名称，就一定要有取值范围，在游戏中每个属性都有其取值范围，比如，传奇的角色级别是从 1 ～ 50 级。游戏属性的取值范围，根据其来源不同可以分为基础数据、计算数据和随机数据。所谓基础数据，就是在游戏开始的时候，有一个明确的初始值，这类数据叫基础数据；通过其他属性的计算，最终获得的数据，称为计算数据。除了这两个基本数据类型之外，还有一种数据类型叫随机数据，这类数据是根据游戏的进程，具体的要求临时产生并应用的，没有固定的数据。这类数据的使用主要是增加游戏的不确定因素，加大游戏的难度。

8.1.3 元素属性的设计原则

在游戏元素设计过程中，设计者一般遵循以下几个原则。

1．突出主题

在游戏元素的属性层面设计角色的时候，首先要赋予角色某些属性，这些属性要根据游戏主题不同进行不同的设置。

图8-3 以武侠为主题的游戏的角色属性

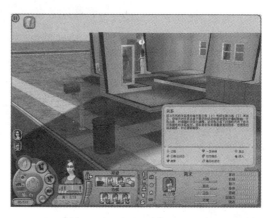

图8-4 以模拟养生为主题的游戏的角色属性

在现实生活中，某类物体所具有的属性是相同的，比如"人"，每个人所具有的属性基本或完全相同，不同的只是属性的状态。在游戏中却不一样，同样是"人"，在不同游戏中，所具有的属性是不一样的。比如，以武侠为主题的游戏，其中游戏的角色属性一般都有生命值、攻击力、防守力……见图8-3；以模拟养生为主题的游戏中，其角色属性一般设置为魅力值、友好度……见图8-4。

2．作用明确

每个角色属性的设计，一定要有其明确的目的性。这个属性在游戏进行过程中起到什么作用？它的变化对其他元素属性有什么影响？它的存在是不是必需的？能不能用其他方法代替？这些问题是在元素属性设计时要非常注意的问题。有许多游戏设计爱好者把游戏元素，尤其是游戏角色属性设计得相当繁琐和复杂，游戏元素属性的复杂程度取决于游戏后台运算规则的复杂程度，单纯的增加元素属性，只能增加运算速度。

3．相互关联

任何元素的属性之间，都是相互关联的。或者互相促进，或者互相制约。比如，角色的"升级"是根据其经验值的多少，当经验值达到一定数量的时候，角色升级。角色的等级和经验值之间，就是一种互相促进的关系。再有，一般的角色都有攻击力，同时也有防御力，在游戏进行中，攻击的效果就是根据攻击者的攻击能力和被攻击者的防守能力共同决定的，这里的攻击力和防御力就是典型的互相制约关系。

8.2　游戏角色的设计

在玩游戏过程中，经常会提到角色，并在游戏中扮演某个角色。一个好的角色在游戏过程中起到的作用是不可低估的。角色是影响玩家代入感的重要因素之一。从某种意义上说，一个角色设计的好坏可以在某种程度上反映这款游戏设计的好坏。一款经典的游戏，再次提起它的时候，角色是玩家最容易想起的部分。

8.2.1　游戏角色的含义

游戏角色就是在游戏中能够与玩家交互并具备全部或部分生命特征的生物形象。

这里说的生命特征，指的是一般生物所具有的一些基本行为，包括形象、行为、性格等。所谓形象，就是指一个生物的样子。比如，有眼睛、鼻子、嘴、四肢等。所谓的行为，包括行走、奔跑、武打动作等。所谓性格特征，也可以称为思想特征，包括语言、表情等内容。所有这些特征都代表这个生物是有生命的。

游戏中的角色可以具备全部特征，也可以只具备一部分特征。例如，在游戏的某些场景中，需要有大量的NPC进行活动，这些人不用说话，不用和玩家交流，只是在某个特定场景中走来走去，目的就是营造一个气氛。就像《仙剑奇侠传》中的小镇一样（见图8-5）。这里的NPC人物，不会走动，不会说话，但是有一个人的形象，只具备了部分的生物特征，它们也是游戏角色。另外，在某些游戏中有怪兽的形象，这类形象虽然不具备人的属性，但是可以进行行走、攻击等生物行为，也可以定义为角色。

图8-5　《仙剑奇侠传2》

8.2.2　角色的分类

我们在玩游戏的时候会发现，有一部分角色玩家可以控制，这类角色根据玩家的指令进行某些对应的行为。另一类角色的行为，玩家无法控制，它们在游戏中按照自己的行为规则活动。

根据角色是否可以被玩家操控，可以把角色分为玩家控制角色和非玩家控制角色。玩家控制角色称为主角，或直接称为角色。非玩家控制角色通常被称为NPC角色。NPC是Non-Player Character的缩写。还有一类角色在情节中不起什么作用，主要是为玩家升级设计的，通常称这类角色为怪物。

一般情况下，NPC角色根据其功能，或是模仿的生物功能，可以细分为以下几类。

1. 非控制主要角色

这类NPC角色，在游戏情节中起着非常重要的作用，与主角接触比较频繁。此类角色的生命特征比较全面，在行走、语言、背景等方面都要求设计得比较全面。如《天堂Ⅱ》中的长老巴兰克（见图8-6）。

2. 非控制次要角色

这类角色是指角色可以在指定的几个点上按路线不停地行动的角色，也包括一些动物（小猫、小狗等）。站立角色相对美术的要求就简单一些。比如坐在地上的乞丐、卖菜的小贩。在设计NPC角色时，要注意搭配场景，在后宫出现的角色当然是皇妃、宫女、侍卫。如《鹿鼎记2》中小宝在皇宫中的场景（见图8-7）。

图8-6 《天堂Ⅱ》

图8-7 《鹿鼎记2》

3. 非控制简单角色

所谓简单角色，是指为单一目的设计的NPC角色。当在场景A中，没有完成一些情节，或是没有得到一些道具，是不可以去场景B的。可是如果玩家到了场景B的入口点时，这时，这个入口点就需要放置一个空白角色，由他告诉玩家，如"你没有拿到某某道具，是不可以进入这里的"，"你应该带着某某一起离开"等。当玩家的情节完成后，或是得到了某个道具时，这样玩家就理所应当地可以通过了。例如，《仙剑奇侠传》中的醉道士，如果不找酒给他，玩家就没办法继续下面的情节（见图8-8）。

游戏中有些是直接现实的生物形象，如即时战略游戏中的士兵，游戏中有些没有直接现实的生物形象，但是，与生物有直接关系，如果没有生物在里面驾驶是无法进行的，这类也是角色，比如在《命令与征服》中的坦克、飞机等（见图8-9）。

图8-8 《仙剑奇侠传》

图8-9 《命令与征服》

1. 提供线索

NPC角色在游戏中有一个非常重要的作用，就是为玩家提供游戏进展的相关线索。许多时候，玩家在玩游戏的时候，会遇到某个情节需要做相关铺垫或提示线索，为玩家下一步行动作提示，这时候，利用NPC角色的相关行为向玩家介绍，是一个最佳途径。

2. 情节交互

玩家在购买武器、药品等道具时，需要和角色交互，这个功能也是NPC角色的重要功能之一。如果缺少这类交互行为，游戏的各个体系很难进行调节。比如，没有当铺，玩家很难把多余的物品转换为钱，并在有钱之后购买其他物品。另外，在大多数网络游戏中，游戏中的NPC角色还会提供任务给玩家。例如在魔兽世界中，当满足条件时，NPC角色会提供任务给玩家（见图8-10）。

3. 烘托气氛

许多游戏场景都需要NPC角色烘托气氛。比如，在菜市场这个场景中，需要卖菜的人等。例如在《莎木2》中，主人公芭月凉在刚刚到达香港时，街边有很多NPC人物走来走去（见图8-11），如果没有这些NPC角色，很难营造一种气氛，使玩家产生置入感。

图8-10 《魔兽世界》

图8-11 《莎木2》

4. 提升等级

在RPG游戏中，大量的NPC被作为主人公的敌人，与主人公进行战斗。它们为主人公提供经验、金钱和物品道具，让玩家体验到角色在游戏中成长的乐趣。例如在网络游戏《奇迹》中，主角要面对各种各样的怪物（见图8-12）。

图8-12 《奇迹》

作为游戏中的一个角色，一个有生命特征的形象，在游戏设计过程中是相当复杂的，需要多个岗位进行协作，进行多层设计才能完成。

游戏角色设计一般情况下分为形象特征设计和属性特征设计，这两个特征是所有游戏元素所共有的，除此之外，角色设计还包括性格特征、人物背景两个层面的设计。

游戏角色的这一部分设计和创作一般是原画创作师根据文档的相关描述进行原始的原画设计，并在纸上绘制成角色形象。再由3D建模师根据这个人物形象，在三维软件中进行相关制作。

角色的行为特征一般情况下是在游戏元素和游戏规则里进行设计。游戏元素中的角色设计主要是设计角色的主要参数，游戏规则中主要设计这些参数如何变化。

性格特征和人物背景设计，一般情况下在编写游戏故事的时候进行（见图8-13）。

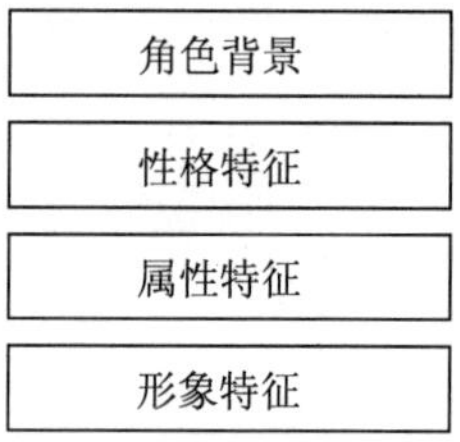

| 角色背景 |
| 性格特征 |
| 属性特征 |
| 形象特征 |

图8-13 角色属性设计

1. 确定角色属性

在游戏策划文档编写时，首先要为定义的属性起一个名称，并对这个名称代表的属性含义进行说明，这就是角色属性定义部分。比如，为《华山论剑》的主角设计一个"生命值"属性。这个"生命值"属性代表什么含义？在游戏中有什么作用？它的取值范围是多少？这些问题可能在设计这个属性的时候就已经考虑得的非常清楚了，这就需要把考虑的这些具体内容在文档中用文字清晰地表达出来，使别人看得懂。

因此，在文档中要介绍设计的角色属性及其含义，使文档阅读者比较清晰地了解属性的作用。这一部分称为角色属性定义部分。属性定义部分的具体内容和格式如下。

- 属性名称：生命值。
- 属性说明：判断角色生存状态的属性。
- 属性作用：当属性值为0时，角色死亡并退出游戏。
- 取值范围：参照"生命值"增长规则。
- 适用范围：游戏中所有角色。
- 相关说明：角色的生命值与其等级相关，每个等级对应固定生命数值。
- 属性名称：等级。
- 属性说明：表示玩家在游戏中所处的级别。
- 属性作用：表示一个角色的等级。
- 取值范围：1～250。
- 适用范围：游戏中主要角色。
- 相关说明：当经验值累计到一定数值之后，角色升级。
- 属性名称：经验。
- 属性说明：角色所获得的经验数值。
- 属性作用：用于判断角色是否升级的重要标准。
- 取值范围：参加角色升级规则。
- 适用范围：游戏中主要角色。
- 相关说明：角色进行打猎活动时获取。

一个角色属性定义需要包括属性名称、属性说明、属性作用、取值范围、适用范围、相关说明六个方面。

（1）属性名称就是这个属性的名字。

（2）属性说明就是为当前属性做个说明，使其他人可以清晰、完整地对这个属性进行了解。

（3）属性作用主要表示这个属性在游戏规则中起到一个怎样的作用。如果一个属性在游戏规则中根本用不到，这个属性的设计就是失败的。

（4）取值范围主要说明这个属性应该取的合理数值。角色的属性在计算机中是以数字表示的，如角色级别为 1 ～ 50，血格剩余长度 15％等。这些都是角色的取值范围。

（5）适用范围这个部分是说明这个属性适合哪些角色。在一个游戏中，有不同的角色，并不是所有角色其属性值都是一样的。为了避免给开发和制作人员造成混乱，表明这个属性的适用角色范围是非常必要的。

（6）相关说明的作用主要是进行一些注解和说明。使其他岗位尽可能多地了解设立此属性的意义及其相关的行为。

2．确定游戏角色

有了角色属性的定义，并不代表游戏中就有了角色，这就好比一个公司在招聘之前印好了招聘简历表，并不代表就已经招到了合适的员工一样。所以，我们在策划文档中还要编写具体的角色，这部分称为角色描述部分。其格式如下。

- 角色名称：祖提。
- 属性初始值：
  - ➢ 生命值：100
  - ➢ 等级：1
  - ➢ 经验：100
  - ➢ 力量：20
  - ➢ 敏捷：15

角色描述部分主要按不同类别说明角色的名称和各个属性的初始状态。初始值，就是角色进入游戏时最初的各个属性的数值。

在描述具体的角色之前，需要把游戏中的角色进行分类，表明哪些是主要角色，哪些是 NPC 角色，哪些是怪物等。

（1）游戏主要角色。
- 角色名称：祖提。
- 属性初始值：
  - ➢ 生命值：100
  - ➢ 等级：1
  - ➢ 经验：100

（2）NPC 角色。
- 角色名称：美女。
- 属性初始值：
  - ➢ 生命值：300
  - ➢ 等级：3
- 角色名称：师父。
- 属性初始值：
  - ➢ 生命值：20000
  - ➢ 等级：200

（3）怪物。
- 角色名称：盗贼。
- 属性初始值：
  - ➢ 生命值：100
  - ➢ 等级：5

在网络游戏设计中，由于各玩家的自由度比较高，玩家可以根据自己的喜好起在游戏中的名字，并且有多人重复做这个类型的角色，所以网络游戏和单机游戏的角色设计略有不同，网络游戏的主角设计部分主要是进行角色的职业描述。

（4）游戏主要人类角色。

- 职业名称：剑士。
- 属性初始值：
  - 力量：30
  - 敏捷：20
  - 精神：10
  - 生命值：150
  - 等级：1
  - 经验：100
- 职业名称：魔法师。
- 属性初始值：
  - 力量：10
  - 敏捷：15
  - 精神：35
  - 生命值：50
  - 等级：1
  - 经验：100
- 职业名称：弓箭手。
- 属性初始值：
  - 力量：15
  - 敏捷：30
  - 精神：15
  - 生命值：75
  - 等级：1
  - 经验：100

在游戏元素的角色设计中，就可以设计和编写这些属性。

8.3　游戏道具的设计

在游戏元素的设计中，除了角色之外，还有游戏中适用的道具。所谓道具是指游戏中能够与玩家互动，对游戏角色的属性有一定影响的物品。

判断一个物品是不是道具，有两个重要的标准：一是能不能与玩家互动，另外一个就是这个物品的使用对角色的属性是否有影响。

与玩家交互是指可以根据角色的行为进行某类行为。一个道具，在角色没有使用的时候，自己不会进行变化。

任何一个道具的使用，必然对主角或者NPC角色的某些属性状态起作用。例如，一个补充体力的还魂丹，对角色体力的当前值起作用；一个攻击对手的"霹雳弹"，对对手的属性状态起作用；一个可以装备的宝剑能够提升角色的攻击力。

8.3.1　道具的基本分类

在游戏中，道具根据其使用的方式不同大致可以分为三种：使用类、装备类和情节类。

1．使用类

使用类的特点是用过以后，就消失的物品。它又分为食用型和投掷型两种。食用型是指在游戏过程中，可以食用，以使某种指数提高的物品。一般是药品或食品。如草药、金创药等，食用之后可以使受伤的体力得以恢复；人参、雪莲等吃了后，可以增加角色的一些数值（如灵力）；大饼、油条等，吃了后不再饿。

投掷类道具是指在战场上使用的可投掷的物品，如飞镖、金针、菩提子，打中敌人后可以使敌人损失 HP（体力）值；毒虫、蛇卵、曼陀罗，打中敌人后可以让其中毒。如果是食用型道具，在设计时就要注意，食用一次可以加多少数值，有的是固定的，有的是在一定范围内随机加的。也有的食物，不止可以食用一次，就要设定可食用的次数。

2．装备类

装备类道具是指可以装备身上的东西。如果角色有不同的系，各系之间的装备类道具应该有所差别。设计装备类道具，要详细说明道具的等级、重量或大小（有负重值的游戏要考虑道具的轻重，有可视道具栏的游戏要考虑道具的大小）、数值（加攻防、敏捷等数据）、特效（对某魔法可防，对某系敌人效果加倍）、价格（买进时的价格和卖出时的价格），还有材质（木、铜、铁等）、耐久值、弹药数、准确率等。

3．情节类

情节类道具在游戏的运行和发展中必不可少。情节类道具是在情节发展过程中必不可少的道具。这类道具存在的目的，就是为了判断玩家的游戏进程是否达到设计者要求的程度的一个标尺。诸如钥匙、腰牌、徽章、某某的信等，在游戏中都是重要的判断因素。有了它，玩家才可以进行下一流程。

8.3.2　道具获得方式

设计人员在设计各种各样的道具后，同样也需要设计玩家通过怎么样的手段得到这些道具，在一般的游戏中得到道具的手段有以下几种。

1．情节获得

对 NPC 角色说话，当完成某情节后，会给一个道具。这一类道具多是情节类的道具，或是至关重要的道具。

2．金钱购买

用玩家手中的金钱，到武器铺、防具铺、道具铺购买，这一类道具多为装备类或使用类的道具。

3．战斗获得

一场战斗结束后，所获得的战利品。一般分随机类道具和固定类道具两种，随机类道具多为装备类和使用类道具；固定类道具多为情节类道具。

4．解开谜题

如《生化危机》中，在钢琴前弹奏一曲，左边的暗门打开，从里面拿出一颗闪闪发光的宝珠（见图 8-14）。通过解开谜题得到的道具通常都是情节类道具。

5．打造合成

这种类型的道具经常出现在 RPG 游戏中，比如用矿石或其他

图8-14　《生化危机》

材料到冶炼屋冶炼自己喜欢的道具。当用原始材料制作出一柄非常强大的宝剑，这柄宝剑甚至还带着魔法时，这种快感，远远胜过通过其他方式得到道具。

8.3.3　游戏道具设计

道具与角色同属游戏元素，其设计方法和编写方法基本相同。但是，角色和道具在游戏中使用的方式不同，所以描述的具体内容略有不同。

1．对道具进行描述

为《华山论剑》设计一些辅助的装备类道具。具体参照格式如下。

- 道具名称：金甲盔。
- 获得方式：使用100游戏币购买。
- 物品等级：1级。
- 使用效果：防御力＋20，敏捷度－10。
- 装备条件：等级2或2级以上。
- 道具名称：鱼肠剑。
- 获得方式：使用100游戏币购买。
- 物品等级：2级。
- 使用效果：攻击力＋20，敏捷度－10。
- 装备条件：等级2或2级以上。
- 道具名称：钻石。
- 获得方式：战斗取得。
- 物品等级：3级。
- 使用效果：玩家打造兵器的原材料。
- 装备条件：等级2或2级以上。

上面就是一个简单的道具编写格式。在编写游戏元素的道具部分时需要明确五个内容，包括道具名称、获得方式、物品等级、使用效果、装备条件。

道具名称就是这个道具的名称。

获得方式指玩家通过什么手段获得这个道具。

物品等级是指这个物品在游戏体系中所处的一种级别，通常和它起到的作用相关。

使用效果的含义就是这个道具在使用时产生的效果。

装备条件，指哪些玩家可以获得这个道具，或者在获得道具之后，是否对其进行装备。

2．道具编写分类

在描述具体的道具之前，需要把游戏中的道具按照一定的属性进行分类。每个特定的类别都可以用一个小的标题进行表示。例如，在装备类道具的大类别中，可以细分为防护类道具、攻击类道具、暗器类道具等。并可根据具体情况进行文档的组织和编写。

在每个类别中，都要尽量按照逻辑顺序排列物品或者把它们划分为不同的小组，比如对于一个RPG游戏，应该把所有的药品放在一起描述，所有的进攻武器放在一组，所有的防御装备放在另一组。对于RTS游戏，可以把不同的部队分为进攻型、防御型、建设型等不同类型。尽可能根据这些游戏元素的内在逻辑关系进行分组处理，以便所有的开发人员都可以很方便地查找和阅读。

如《魔兽世界》（见图8-15）中魔兽中的装备按质量级别可分为：粗糙的、普通的、精致的、稀有的、史诗的。在游戏中不同质量的装备，很直观地在装备名称上用不同的颜色体现它们的差异。按材质可分为：布、皮、金属；按装备位置可分为：头部、颈部、肩部、背部、胸部、衬衣、工会徽章、手腕、手、腰部、腿部、脚、手指、饰品、主手、副手、远程、弹药。根据各装备位置、材质及质量再进行下一步的具体设定。

游戏策划教程

图8-15　《魔兽世界》

8.4　实体对象设计

在游戏中会遇到很多实体对象，比如场景中的树、河、桥以及建筑等，这些都是实体对象。实体对象一般有两个基本类型，一类是没有变化的，另一类是可以根据玩家的操作进行变化的。如可以燃烧的树，可以修好的桥，可以炸毁的建筑等。我们一般称后者为实体对象，前者的设计一般与场景一起进行设计。

8.4.1　实体对象的含义

所谓实体对象，就是在游戏场景中，可以与玩家进行互动，却对角色属性没有影响的虚拟物体。

实体对象与道具的最大区别在于是否对玩家的属性有影响。任何一个道具的使用都会对游戏中的角色产生影响，这个受影响的角色未必是使用者本身，比如使用攻击类道具使对手的血格降低。实体对象却不一样，角色在道具中与实体对象交互时对自己或其他角色不会产生影响。

8.4.2　实体对象的作用

实体对象在情节中的最大作用是设置谜题。许多时候是与情节类道具一起使用。比如，设置一道门，必须找到钥匙才能把门打开。这里的门就是实体对象，钥匙属于道具。

8.4.3　实体对象的设计

在编写游戏策划文档时，实体对象的编写是游戏元素的一个重要组成部分。其格式包括：
- 对象名称：实体对象的名称。
- 设计目的：写明这个实体对象的主要作用。
- 出现场景：在什么场景中出现。
- 基本属性：实体对象所具备的属性。
- 显示状态：用什么样的视觉效果对玩家进行提示。

在《仙剑奇侠传》中，可以翻箱倒柜地找宝物，宝物属于道具范畴，装宝物的箱子属于实体对象。为《华山论剑》设计一个装有宝物的箱子。
- 对象名称：宝物箱。
- 设计目的：在箱子里装有一些可以让玩家找到的道具，包括金钱、丹药等。
- 出现场景：在游戏设置的各类屋子中。
- 基本属性：完好度为100。
- 显示状态：当光标停留在箱子上的时候，箱子会显示一个黄边，双击后箱盖打开。

8.5 游戏元素的形象设计

对于游戏人物的重要性，业界有不同的看法。任天堂的宫本茂曾在被问到马里奥的设计时说："对游戏来说，好玩是第一位的，我们所有的努力都是围绕着这一点。设计游戏人物，只不过是所有这些努力中的一环。如果游戏不好玩的话，游戏人物即使设计得很好，也是不可能成功的。"而他的美国同行，大名鼎鼎的蛊惑狼的设计者 Jason Rubin 却说："大部分玩家买游戏时，受的是广告、宣传品、游戏包装封面的影响。如果印在封面上的游戏人物不能吸引人的话，游戏肯定卖不动！"

在游戏元素的设计中，分为形象特征和属性特征两个层面。属性特征层面是在策划文档中必须描述的部分。形象特征层面的文档编写根据所在公司或不同设计师的爱好确定具体的编写方式。

如果在一个游戏公司中，有一个比较完整且水平比较高的美术制作团队，或者美术总监和原画设计师的水平比较高，关于角色形象设计部分可以相对省略，美术总监可以根据整个游戏的美术风格，并参考角色名称或角色在游戏中的主要用途来设计角色的形象。

如果美术制作团队的技术力量相对薄弱，或者公司要求设计文档有角色形象设计部分，再或者设计师对形象有具体的要求，都可以在游戏元素中对其形象进行描述。

8.5.1 形象设计方法

关于形象特征的设计描述，主要有形象描述、文字描述、特点描述等方法。

（1）所谓形象描述，就是设计师根据自己的设计，在文档中加入元素的具体形象，比如设计师画的草图或与设计的角色比较相近的图片等。采用这类方法，可以给美术制作人员一个直观的视觉形象，但是采用这种方式进行形象设计需要游戏设计师有良好的美术功底，能够准确地表达自己的设计思想。如果设计师画的草图并没有表达出设计思想，就很容易给美工造成误导。

（2）所谓文字描述，就是采用一段文学的手法，对角色进行描述。这类描述尽量采用比较具体的形象描述，比如"大大的眼睛，高高的鼻梁，小小的嘴唇……"，使美术设计师在脑海里有一个比较清晰的印象。避免一些给人过多想象力的描写方法，比如，"脸形，长一分则长，短一分则短；眉毛，粗一分则粗，细一分则细……"，这类描写方法在文学作品中是非常成功的，它可以使读者产生一个自己喜欢的形象，但是，在形象设计过程中，如果采用这类描写方法，美工脑海里产生的形象很难保证和设计师想象的一样。

（3）特点描述方法是指针对角色突出的特点进行描述，一些共性或不突出的部分由美工发挥想象完成。这类描写方法，其具体形象和抽象形象的特征描写重点是不同的，具体形象主要描写的是气质方面，抽象形象主要描写的是形象部分。比如：

1）具体形象特征描写重点。
- 名称：孤独剑客。
- 性格特征：冷酷。
- 形象特征：长发。
- 标志动作：怀里抱剑。

2）抽象形象特征描写重点。
- 名称：外星来客。
- 四肢：青蛙。
- 躯干：鱼。
- 头部：核桃。

游戏策划教程

在大多数的游戏中，普通的人物原型不会受一个人物的限制。同样的人物可以扮演不同的角色。举例来说，在游戏中的不同地方，扮演导师的人物同时也可以是盟友、预言者、阶段性监护人或是一个反面角色。

1．英雄

英雄这个词来自希腊语，意思是"去保护，去服务"。英雄是一个肯为别人牺牲的人物角色。英雄这种人物原型所展示的是自我，是人性中独立的与他人不同的部分。通常在故事中，英雄所要做的是能够超越自我。英雄之旅也可以被看做是英雄在心理上的寻找自我、超越自我的旅程。

2．反面角色

反面角色也可以用邪恶势力这个词来说，总之是故事中的反面，体现了黑暗的一面，与英雄对立。可以是各种有形怪兽，可以是我们不喜欢的事物，一般来说有几种阴暗面的类型：真正的坏人、敌人或对手。真正的坏人和敌人往往是想毁灭击败英雄的，而对手并不一定是完全敌对的，他们也许与英雄意见不同，但有一样目的的盟友。

反面角色的本性是邪恶的，是主人公在困境时最重要的敌手。有时因个人原因反面角色和主人公有深仇。有的环境下，反面角色根本不认识主人公，他的行为只是简单地刺激主人公的行动。当然，反面角色不必是一个有形的实体：他可以仅仅是一种环境或者是主人公的一种感觉。主人公自己的阴暗面就可以是反面角色。

3．狡诈者

狡诈者这个人物原型，也可以称为调皮鬼。在故事中是个弱者，但总使用一些坏点子、小聪明和一些欺瞒的手段。在神话中一般是以小矮人或者捣蛋鬼的形式出现，还有一种特殊的策略家，被称为狡诈的英雄，经常出现在神话故事片中。当英雄显得太严肃的时候，狡诈者就会出现进行调剂。

4．双面人

双面人是小说中最难捉摸的人物原型。他先以一种形式出现，不料竟会在小说的后面以另一种形式出现。他实际上是一个过渡原型，支配着人物的转化。

例如，同盟者或指导者可能转变成一个骗子或一个影像。他开始时帮助玩家按照自己的兴趣行动，最后，当主人公到达他的目的地时他就背叛了主人公。

5．盟友

盟友是在游戏中帮助主人公的那些人。许多游戏运用了同盟国的原型。盟友的目的是帮助主人公寻求并完成任务，没有他们的帮助，游戏将变得很困难或者几乎不可能完成。这样的例子很多，比如在《半条命》中的科学家和保证安全的护卫队，在很多场合中，他们和主人公福尔曼协作，帮助他通过障碍。

习　题

1．列举几个你所玩过的游戏中的道具，并分别说明它们的基本分类和获得方式。

2．为一款科幻题材的游戏设计道具，其中要包括使用类道具、装备类道具以及情节类道具，每类道具各设计 10 个。

3．为一款奇幻风格的网络游戏设计 5 个实体对象，并说明它们在游戏中的作用。

4．在你所玩过的游戏中，分别找出 5 个人物角色的典型形象（英雄、反面角色、狡诈者、双面人、盟友），并说明这样的人物形象为游戏带来了怎样的变化。

第 **9** 章
游戏机制

主要内容：
- ※ 游戏机制的含义和作用
- ※ 游戏机制的构成要素
- ※ 游戏机制的编写方法和规则体系

本章重点：
- ※ 游戏机制的构成要素
- ※ 游戏机制的编写方法

学习目标：
- ※ 了解游戏机制的含义、作用和构成要素
- ※ 了解游戏机制的编写方法和规则
- ※ 学会游戏机制的编写

游戏机制又称游戏规则，是游戏的操控部分。在设计游戏机制过程中，需要考虑许多方面，例如，游戏中的人物行走的时候，是否消耗体力值？消耗多少？体力一旦消耗，如何恢复？再比如，你攻击一个敌人或一个敌人攻击你，你两人之间的距离对攻击效果有没有影响？攻击的力量对攻击效果有没有影响？攻击方向有没有影响？这些因素如何影响攻击效果？只要涉及游戏怎么玩的问题，都属于游戏机制问题。

游戏是按照一定规则进行的交互式娱乐行为，换句话说，没有这个规则，游戏就无法进行，也就不能称之为游戏。如果是同样的角色、场景、道具，同样的故事情节，同样的操作平台，只把游戏规则进行改变，游戏就可以成为另外一个游戏了。目前各种游戏类型的划分也是把游戏规则作为重要的划分标准的。可见，游戏规则是游戏设计中的核心要素。

9.1 游戏机制

9.1.1 游戏机制的含义

任何一款游戏都有其特定的游戏规则，如果没有这个规则，游戏就无法进行下去。在游戏进行时，参与游戏的人员必须共同遵守的行为规则，称作游戏机制。游戏机制是游戏的核心部分，游戏的一切进展和变化都与游戏机制有关。

9.1.2 游戏机制的作用

游戏机制是规定游戏如何运行的法则，一个游戏没有一个完整的规则控制整个游戏的各个方面，游戏将无法进行下去。

9.2 机制构成的要素

任何一个规则或运行机制，需要有三方面的构成要素，我们把这三个要素分别称作相关事件、事件主体、对应规则。

9.2.1 相关事件

1．相关事件的含义

任何一个规则的制定都和某个事件相关联，制定规则的目的就是为了规范某类行为或做事的准则。比如，玩家在游戏中每次攻击一个怪物就会获得相应的属性变化，如不进行"打怪"行为，其属性就不会按相应的规则变化。

因此我们得出一个结论，规则与事件是互相关联的。这种能够触发某类规则的事件，叫做规则的相关事件，简称相关事件。

2．相关事件的构成要素

构成相关事件的因素有两个，一是具有事件的完整性，二是与某个规则的关联性。

事件的完整性，指的是事件发生之后，一定要有与其对应的结果。比如，在羽毛球比赛中，你击中了羽毛球，但是，羽毛球能不能落到"对方的场地"还是一个未知，也可能落在"场地之外"，也可能落在"自己的场地"。如果一个事件只知道过程，不知道结果，这个事件就不是规则中的相关事件。

与规则的关联性，是指事件的结果必须与一个规则对应。如果一个事件没有任何一个规则与之对应，这个事件也不是相关事件。比如，你在回家的路上，踢飞了一个石子，踢过之后没有任何反映，这就不是相关事件。

9.2.2 事件主体

一个事件的产生，一定会有使这个事件产生的人或物质。如果没有这个人或物质，任何事件都是无法产生的。如果没人打球，就不会有"球落到场地"的这个事件。如果没有人上班，就不会有"迟到"这个事件。在游戏机制或规则的制定中，事件主体是不可缺少的重要因素。这个引发相关事件的人或物质，我们称之为事件主体。

9.2.3 对应规则

1．对应规则的含义

对应规则，就是依据相关事件进行的特定行为，简称规则。游戏规则的制定通常是指这个部分。

2．对应规则的类型

通常情况下，对应措施一定是与规则中的事件主体有关。这种关系可以是间接的，也可以是直接的。

所谓直接关系就是在相关事件出现之后，直接在事件主体上产生作用，不需要其他的条件。如"羽毛球比赛"中，当"球落到对方场地"的时候，"你"就直接"获得1分"，这种情况就是直接关系。

在游戏中，玩家进行"打怪"，首先怪物要损失血格，当"血"用尽之后，"怪物"死亡，玩家加分。这种先作用在其他物体，通过其他物体的反映，再作用于事件主体的对应措施，叫间接关系。

3．对应规则的组成

在游戏中，对应规则的具体体现方式是计算公式。公式计算一般包括两个部分：一部分是运算的规则，另一部分是与运算相关的数据。

例如：$a = b + c$

这是一个简单的公式。其中a、b、c是公式需要处理的数据，+、=是运算符号，代表某个特定的运算规则。

在游戏的对应规则设计中，数据的来源是游戏元素的属性状态，在游戏机制中主要考虑运算规则就可以了。在游戏引用的数据中，主要来源于游戏元素各个属性的取值。

9.3 游戏机制的编写

在游戏策划文档中，游戏机制的编写是非常重要的部分，对于游戏机制的描述要系统清晰，否则，很容易引起开发和制作人员的迷惑，使工作没有明确的方法，最终无法进行工作。

在编写游戏机制的时候，大体上可以从玩家操作、系统规则、角色成长等几个方面进行设计和描述。

9.3.1 规则的编写方法

在描述时，需要详细说明技能名称、采用公式以及公式的说明和计算，还要说明此类行为适合哪些角色等。

例如，在设计角色规则的时候，为角色设计了普通攻击的动作。为了说明普通攻击这个相关事件的对应规则，首先要确定这个动作的名称。

动作名称：普通攻击。

说明：角色在正常情况下，使用兵器或无兵器情况下的行为。

在写完规则的说明之后，需要描述此规则的计算公式，这部分是规则描述的核心，是游戏机制中的对应规则部分。

公式：（职业的基础伤害值＋武器的伤害力）×（力量＋100）/100

在描述公式之后，也可以就这个公式进行推算。此项说明是可选的，可以根据公式的复杂程度进行取舍。

例如：

动作名称：普通攻击。

说明：角色在正常情况下，使用兵器或无兵器情况下的行为。

公式：（攻击力＋武器攻击力）×（力量∓100）/10

推算：角色攻击力为200；武器攻击力为10；角色力量为30，本公式的计算结果为34。

在编写游戏机制的时候，会涉及许多公式，当公式累加到一定程度会让人觉得没有边际，对关键的公式，或比较难理解的公式，用推算的方式进行说明，是非常有必要的。

当文档对某个规则进行了名称、说明、公式及推算之后，还要说明这个规则的适用范围，也就是规则的事件主体。

例如：

动作名称：普通攻击。

说明：角色在正常情况下，使用兵器或无兵器情况下的行为。

公式：攻击效果＝（角色攻击力＋武器攻击力）×（角色力量＋100）/10

推算：角色攻击力为200；武器攻击力为10；角色力量为30。

本公式计算结果为：（200＋10）×（30＋100）/10＝34

触发：玩家操作。

适用：游戏中的所有角色。

另外，在游戏机制的文档描述中，其公式的描述一定是唯一的，可以进行多个公式的描述。比如：

动作名称：刺杀。

说明：角色在使用长枪时，使用的攻击技巧。

公式：普通攻击效果×2＝[（攻击力＋武器攻击力）×（力量＋100）/10]×2

推算：无。

触发：玩家操作。

适用：使用长枪的角色。

这里，关于刺杀的公式就用两个公式表述。

9.3.2　游戏的规则体系

一般来说，在游戏机制设计中，需要进行以下几个方面的设计。

1. 角色行为规则

角色行为规则也可以称作玩家操作规则，其主要描述内容是关于玩家有什么操作，角色按照玩家的操作进行某类动作时都按照怎样的规则进行。比如，行走、跳越、攻击、防御……这一部分游戏机制也可以称为角色技能或者职业技能。

2. 角色的成长规则

不同类型的游戏对于玩家扮演的角色技能要求是不一样的，有些游戏类型对技能的要求实际上是真实的，比如动作类游戏要求玩家的操作动作迅速灵活、技巧熟练；经营策略类游戏则更多要求玩家使用自己智力；实时战略类游戏一方面要求操作熟练，另一方面要求智力和技巧。这样的游戏通常具备比较好的耐玩性，因为玩家需要不断地训练自己。对这种游戏来讲，必须考虑到提供难度不等的关卡。以便新手和老手都能很好地玩这些游戏。

另外一些游戏，游戏中需要玩家训练的是一种虚拟技能，虚拟技能与真实技能是不一样的，不是每个玩家都可以具备技能，在 FPS 类型的游戏中取得好的成绩，因为这涉及玩家自身的状态和刻苦程度，毕竟游戏是为了娱乐，而为了竞技目标刻苦训练的玩家是少数。一般来讲，只要玩家花费一定的工夫玩游戏，就会在玩的同时达到一步步掌握高级虚拟技能的目的，这也是一种成就感。

在这种追求虚拟技能的游戏中，玩家角色的成长是按照这样的步骤进行的：通过战斗获得经验值→升级→提高战斗能力。

但是，多少经验可以达到升级的标准，升级之后战斗能力得到多少提高，这些是游戏设计人员需要考虑的事情。

（1）游戏中级别的设置规则。游戏设计人员首先需要考虑一种类型技能所能达到的最高能力是什么样的情况。例如武侠类游戏中某种最好武功技能的最高级别的伤害能力、防护能力。战略类游戏的最高级别，例如武将的带兵数量上限、策略能力等。这个时候需要根据不同技能之间的关系进行协调，例如同样级别的最好攻击技能对同样级别的最强防御技能是什么样的情形，这也是一个平衡问题，否则如果防御的效果太好，玩家都使用防御技术，战斗就没有趣味，如果攻击的效果太好，玩家都学习攻击技术，战斗的偶然性就太高（先攻击的占优势）。

不同的游戏在考虑技能和级别的时候，有的游戏将级别和玩家角色相联系，玩家只有一个或几个类型的级别。另外一些游戏则对不同的技能分别设置级别。这个时候，级别的设置就有细微的差异。

考虑好最高的级别，就可以按照线性的原则平均划分这些级别，比如可以将级别划分成从 0 到 100。这样可以在游戏中让玩家多次升级，不断地提高级别，不断地给玩家以兴奋点。然后，按照不同的级别，设计在某一级别下技能的具体能力，如攻击力和防御力。原则上，由于级别基本是线性的，这些具体技能应该也是线性的，在高级级别下能力更强。为了区分出不同技能的差异，可以定义某种低级技能到达一定高级级别后，能力就不再增加，高级技能在低级级别下无法学习。如果每项技能都有自己的级别，还可以定义一些特别的技能，让其以一种非线性的模式发展，例如在低级别下能力较差，而高级别在一定条件下就有很强的能力。但是对于这种非线性的设计，一定要考虑不能过于偏离基本的级别限制，否则整个游戏的平衡性就被打破了。

通常来讲，高级技能的种类应该比较少，玩家在刚刚开始的时候不容易学到，或者受到限制无法学习。这样，就避免了玩家都学习高级技能，低级技能成为没有用处的摆设。

（2）升级所需经验的设计。设计玩家升级所需要的经验是非常困难的，因为这涉及几个因素，包括玩家战斗经验获取的情况、玩家敌人的设置情况以及游戏类型的影响等。对玩家升级，不同的游戏，应该遵循不同的原则。

1）单机游戏。应该让玩家在花费大致相同的时间和精力的条件下升级，在达到和接近最高级别的时候，玩家应该完成整个游戏。这样就能以最佳的模式完成整个游戏，在整个游戏中，玩家不断受到升级的鼓励和刺激。

2）网络游戏。越到高级级别，玩家就越难升级或提高，最高级别基本上是不可能达到的。网络游戏是很多玩家长期玩的游戏，游戏中不能积累过多的高级别游戏玩家。

随着玩家级别的提高，攻击力也随之提高，对敌人的伤害也相应提高，游戏设计人员需要给玩家安排更厉害的敌人。这个时候，经验的获取就有不同的安排，一种情况是随着用户级别的提高，用户与低级别的敌人战斗就得不到经验值，与高级敌人战斗就能得到类似大小的经验值。但是这样安排，游戏玩家总感觉得到同样的经验值，没有升级的感觉（这种情况在网络游戏中比较常见）。因此，更简单的方法是战胜高级别的敌人能得到更高的经验值，玩家能感觉自己的经验得到迅速积累。

具体的升级情况，还需要在游戏开发完成之后，在测试过程中，对这些值的参数进行一定的调整，以便真正符合具体的情况。

（3）场景转换的规则。在RPG（特别是MMORPG）游戏中，游戏设计者需要考虑如何让玩家在适当的时候到下一个场景中。场景转换是游戏中的一个潜在规则。最简单也最常用的办法就是游戏设计者通过设计角色打怪所获得经验的比率，从而使玩家过渡到下一个场景。例如在《魔兽世界》中，当角色消灭比其等级低5级的怪物时，将不会获得任何经验。这样如果玩家想提升自己的等级就需要去下一个场景中，寻找与自己等级合适的怪物。

通过任务的手段也可以达到使玩家场景转换的目的。比如在《暗黑破坏神II》中，玩家通过完成不同的任务，一步步探索出新的区域。

3. 道具相关规则

在游戏中，道具也有其相关的规则，具体可以分为以下几种。

（1）物品掉落规则。在制定物品掉落规则时，通常将物品和道具按照不同等级和不同类别进行分组。一般情况下，可以将物品和道具分为三类：一是杂物；二是装备；三是奇物。同时，各类物品可以根据具体的功能强弱，分成不同的等级，比如，一级装备、二级装备、三级装备等。

物品掉落分为两种方式：一是随机掉落；二是记数掉落。所谓随机掉落就是在玩家杀死怪物或完成某项任务时，根据具体的概率出现的物品。所谓记数掉落是指游戏中某个特定的规则出现固定的次数，就会出现某类固定的物品。

（2）物品装备的规则。在游戏中设计者会对可以装备的道具做一定的限制，一般道具装备限制可以分为以下几种。

1）人物属性的限制。在很多MMORPG中，武器道具装备的限制都是角色的基本属性。例如在MU中，只有角色的力量、敏捷、智慧满足装备需要（根据物品的不同，需要满足的属性也不一样），该装备才可以被角色所装备。

2）人物等级的限制。游戏设计人员会根据角色成长的不同阶段设计各种五花八门的装备，同样这些装备也被角色的等级所限制（大多数游戏的装备只有进行最低的级别限制）。

3）人物职业的限制。在大多数RPG游戏中，角色都被划分成了各种各样的职业。游戏设计人员会针对这些职业设计一些特殊的道具，从而突出该职业的特点与特性。但这些道具也只能被该职业的角色所装备。

以上这些限制是游戏中物品装备所常用的规则。在很多游戏中，某一个物品的限制可能是多样的，比如《暗黑破坏神》中的物品，既需要人物属性达到一定数值，同时又需要有角色等级。

在游戏中对物品做一定的限制有助于游戏系统的平衡。

（3）金融系统规则。在游戏中，货币和物品的平衡也非常重要，对于一般的游戏来讲，货币的主要目的是购买物品，物品的主要作用是帮助用户升级，因此，最终的影响还是针对玩家的升级。

有两种不同的物品，一种物品是消耗性的，比如药品，或者限次使用的武器等。另一种物品是非消耗性的，比如武器装备等。这两种物品对玩家角色的影响是不同的，消耗性的物品帮助角色战斗，间接帮助用户升级，非消耗性的物品一般可以被角色直接装备，增强角色的攻击能力和防御能力，直接起到与升级类似的作用。这两种物品一般都需要限制其能力，因为如果他们的功能过于强大，将直接影响游戏的平衡。为了增加游戏的娱乐性，可以在游戏中增加各种各样的超级宝物，但是不能破坏游戏的平衡。一个游戏中的超级宝物一般是有限的，每个类型只有1～2个。对于一般的物品，基本上没有太多的限制。

游戏中的货币和物品一般都是通过工作、战斗等方式产生的，NPC中的货币和物品通常是游戏自动产生的。一般来讲，只有通过消耗物品，这些物品才可以减少，这个时候，最常出现的问题就是游戏中的货币、物品以及士兵的数量越来越多，多得让玩家难以置信。

一般来讲，这对于单机游戏不是大问题，单机游戏玩家还可以从中体验到当富翁的成就感，玩家一旦通过游戏，就需要重头来过，不会成为一个问题。对于网络游戏，这就可能成为严重问题。在网络游戏中，一定要限制货币和物品的生产，并且为货币和物品的消耗增加必要的途径，使得游戏中的总价值保持在一定的水平上。

因此，游戏设计人员不能给玩家太多的挣钱渠道，也可以设计在合适的方式下让玩家消耗他们的金钱，例如《仙剑奇侠传》中的强大攻击方式：乾坤一掷。

游戏的平衡性一方面要在设计游戏的时候加以考虑，但更多的时候，需要在游戏测试的过程中，根据实际玩出的效果加以调整。有些时候，即使是实际开发人员也没有考虑到一种职业或者一种技能的另类用法，会导致这种职业的好处大大增加，这就需要动态调整。特别是对于网络游戏，甚至会在实际运行中，根据情况随时进行微调。

习　　题

1. 阐述游戏机制在游戏中的作用。
2. 设计一套物品掉落规则。
3. 设计一套物品装备规则。
4. 设计一套金融系统规则。

第 10 章

平衡设定

主要内容：

　※ 公式设计的平衡性

　※ 公式设计的系统性

本章重点：

　※ 公式设计的平衡分类及特点

　※ 公式设计的各项系统

学习目标：

　※ 了解公式设计的静态平衡和动态平衡

　※ 熟悉公式设计的各项系统详情

在游戏设计中，游戏规则的制定是非常关键的环节，公式是一个游戏规则的重要体现方式。公式设计得好坏直接关系到游戏的可玩性、稳定性和游戏运行的安全性。

许多游戏画面精致、故事感人、音乐震撼、因素丰富……但就是不好玩。比如，打一个小小的NPC人物需要很长时间，乏味之极，这种情况产生的基本原因是游戏的公式设计得不合理。

10.1　公式设计的平衡性

设计一款优秀的游戏要有多方面因素的共同支持，游戏的平衡性在其中扮演着相当重要的作用，如果游戏没有平衡性就意味着这个游戏走向了失败。

游戏的平衡对于游戏的生命期和耐玩度起着至关重要的作用，设计平衡的游戏能吸引玩家尝试使用不同的游戏角色和不同的游戏技能，能让玩家有信心花时间苦练喜欢的游戏角色和技能。在一个平衡的游戏中，只要技术和水平够高，任何角色都有可能成功。如果游戏的平衡性没有得到保证，那么所有玩家都考虑容易通过的、高级别的角色或者技巧，游戏设计人员考虑的一些不合理的角色和技巧就没有玩家去选择，游戏实际上得到了简化，游戏的可玩性大大降低。

对于网络游戏来讲，游戏平衡特别重要，设计起来更为困难。这是因为网络游戏本身是由多个玩家来玩的，游戏可玩性依赖于每个玩家创造故事，必须提供一个很好的背景和社会基础才能允许玩家很好地创造自己的故事，平衡性就是其中最重要的一部分，是保证网络游戏公平进行的一个重要因素。由于每个玩家都从自己的角度考虑问题，玩家的智能性是计算机远不能及的，因此游戏设计人员必须从多个角度出发考虑问题，这就增加了平衡性的设计难度。

10.1.1　静态平衡

静态平衡与游戏规则以及游戏规则之间的相互作用有关。如作战游戏个体间的相对实力，或者马里奥跳过的平均距离对照两个平台间的平均距离。通常，游戏平衡指的是静态平衡。

静态平衡是一种典型的游戏平衡。这是一种过程，为了避免使游戏崩溃的那些显性元素和逆行策略，必须确保游戏的完美和所有元素的紧密结合。

1．优势策略

优势策略是一个在任何环境下超越其他可选择的、最好的策略。这并不意味着它能成功，但应该保证它不会失败（严格地说，强有力的优势策略保证会成功，软弱的优势策略可能会失败）。

强有力的优势策略并不会取悦人心，但当删减软弱的优势策略时应该注意，因为有时它们是有价值的（比如，在象棋中强制双方和局）。当排除软弱的优势策略时，需要确保它对于整体确实没有价值。

把这些经典的游戏理论应用在真实的游戏中时，它的难点是复杂性大大增加了。典型的游戏理论以参数的形式处理简单的游戏，比如投一枚硬币。然而有的游戏，比如在 Westwood 公司的《红色警戒》（见图10-1）中有数百个变量，面对这么多的变量，处理起来是很残酷的，它们的价值是连续且有效。对我们来说，这意味着作为优势策略的标志有些模糊。它们的边界是连续的。一个玩家支配的优势策略在其他玩家手中却不一定会成功。

图10-1　《红色警戒》

游戏平衡的最后阶段是真正区分游戏设计的关键。例如在《红色警戒》中，一个经验丰富的玩家，在游戏开始部分会把所有精力都用在建造大量的坦克上，然后去攻击敌人基地，对于那些尚未准备好的对手，这种方法通常会取得胜利。由于包含了许多变量，不能确定这就是一个优势策略。也就是说，不注意对手的动向而采取行动，并不是一个最好的策略，但它是一个接近优势的策略。在 Blizzard Enterainment 公司最初的游戏《魔兽争霸》中（见图 10-2），Orc 玩家如果能够制造出魔法师就可以取得胜利。事实上，在最初的 Warcraft 游戏中，唯一能够确保游戏平衡的方法就是不使用魔法师。

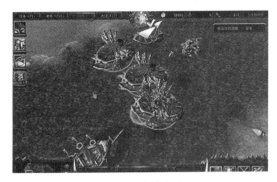

图10-2　《魔兽争霸》

所有这些例子都是为了说明优势策略并不是好东西，要尽量避免使用它。它会使游戏的博弈性崩溃。一个单一的优势策略足以使一个游戏的平衡性荒废。在同一环境下潜在的策略是隐性策略，没有理性的玩家才会使用优势策略。

有时候游戏中的一个 BUG 可能会对玩家有用。比如，在游戏《Super Turbo Street Fight 2》中，神秘的人物 Akuma 与游戏中的其他人物完全不平衡，他的攻击力极其强大，他所发出的冲击波其他人根本无法承受，玩家的优势策略就是使用 Akuma，如果对手选择其他人一定会输。如果对手也用 Akuma，那么他们的技能水平相当，结果很可能是和局，为了确保公平，唯一的选择就是在任何对战中都禁止使用这个人。比如在 KOF、侍魂等游戏中都有这样不平衡的人物。

2．对称平衡

对称是平衡游戏最简单的方法。每个玩家（包括计算机）都拥有相同的起始条件和能力。这样就能确保游戏的结果只依赖玩家的技能水平。但是这种方法只适合抽象的游戏，比如国际象棋。在一个模拟实战的游戏中，将步兵、骑兵、弓箭手完全对称地排列起来会让人感到不自然，很快变得乏味。在抽象游戏中，纯对称也会受到限制。

对称主要用于平衡多个玩家的游戏，也可以用于平衡单个玩家的游戏，对称是一个很好的出发点以确保计算机控制的实体与玩家大致平衡。对称是一个相当单一的方法，它会导致一部分玩家直接面对策略。它会使玩家冒着在游戏中受到限制的风险。比如计算机向玩家投出 X，而玩家不得不用 Y 来反馈。这就相当于怂恿计算机向玩家投出更多的 X。这样做不会让玩家感到游戏博弈的独特而有趣。

（1）传递关系。传递关系是在两个或多个实体间定义的一种单一关系。比如，A 能击败 B，B 能击败 C，C 击败不了任何人（这里就暗示了 A 可以击败 C）。注意这个关系的表面价值，看起来它的传递关系没有什么用处。但是如果在可以的条件下能够选择 A 时，为什么还要使用 C 呢？这就是需要平衡的地方。有效的实体需要较高的成本。这种成本是人们在生活中付出的抽奖成本，或者为了得到实体必须忍受的反复实验。我们无法直接定量这些间接的成本，这就是影子成本。我们应该承认它的价值。影子成本可以被调节，但不能被直接修改。

没有影子成本平衡的纯传递关系会导致游戏博弈性不高或者不严格。这样就会破坏平衡性。然而，一些被允许的动态晋级或衰退可能会使游戏博弈更加有趣。我们在设计游戏时应该确保玩家能够恢复到先前的级别。比如在《暗黑破坏神》中，就允许玩家从他之前的尸体中找回他的装备。

传递关系在游戏中非常普遍，特别是在第一人称射击游戏中。例如在最早的标志性游戏《DOOM》中（见图10-3）。游戏刚开始的时候，玩家只有一把差劲的手枪与怪

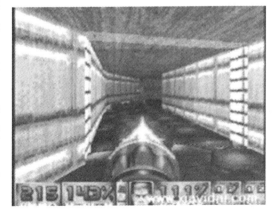

图10-3　《DOOM》

物抗衡。怪物都要多开几枪才能打死。当游戏进行一段时间以后，玩家会找到更有效的霰弹枪。玩家可以比较容易地打死怪物，然后怪物会变得更加难杀死，霰弹枪的弹药也会越来越少。

这样我们就回到了起始点：拥有一把差劲的武器，我们需要像前面一样寻找更加强大的武器，这就是游戏吸引我们，并且驱使我们进行下去的地方。

传递关系用于游戏中，主要是为了不断地驱动玩家达到目的。玩家需要不断地提升自己的能力，直到达到目的，游戏就结束了。

同样的，传递关系只在有明确结束点的游戏中才真正有用。他们很少用于末端开口的游戏，因为这些游戏没有结束循环并且把玩家带回起点的办法。例如，多人竞技游戏《QuakeIII》和《Unreal Torunment》，在这些游戏中循环是通过玩家的死亡来结束的。

任何包含浓缩或增强玩家能力的游戏都采用了传递关系。下面就举例进行介绍。

1)《超级玛丽》系列。在《超级玛丽》游戏（见图10-4）中，采用了一系列侧面卷轴的平台游戏。角色的级别就是 Mario 的能力。吃了一个蘑菇，他的个头就会增长一倍，吃了其他东西，Mario 会提高其他方面的能力，包括飞行和无敌等。

2)《塞尔达》系列。《塞尔达》系列游戏是组织管理严密的角色扮演游戏（见图10-5）。主人公 link 收集物件来提高技能和持久力。游戏的基本原理是通过在一系列的地牢中冒险，解决了全部的需求。通常，每个地牢都有各种各样的奖励来提高 link。

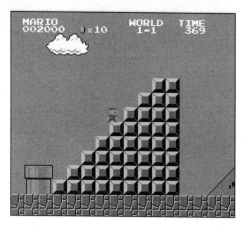

图10-4 《超级玛丽》

图10-5 《塞尔达》

3)《R-Type》游戏。《R-Type》游戏采用了侧面卷轴的、以空间为基础的射击游戏（见图10-6）。当玩家击败敌人时，它们会一层层地落下，这对玩家飞船的升级有益。

4)《模拟人生》。《模拟人生》是一个家庭的模拟类游戏（见图10-7），它允许玩家创造和布置房间，然后在里面安排家庭生活。可以购买家庭物品，在一个物品上花费的钱越多，它就越有效。比如，它可能会占更少的空间，变得更漂亮或者发挥更大的作用。

图10-6 《R-Type》

图10-7 《模拟人生》

（2）不传递关系。如孩子们经常玩的游戏"石头、剪刀、布"。规则基本上就是剪刀胜布，布胜石头，石头胜剪刀。

"石头、剪刀、布"是一种零和游戏。也就是说，如果一方胜利，另一方一定输。如果一方是平局，另一方也一定是平局。许多有趣的游戏都是零和游戏：玩家如果取得胜利（或者玩家队胜），计算机（或者玩家的对手）就会判负。

类似"石头、剪刀、布"这种三向不传递关系已经成为大部分即时策略类游戏平衡的典范，在其他类型的游戏中也有广泛的应用，比如赛车游戏和角色扮演类游戏。静态的不传递关系虽然在审美学上比传递关系更合适，但它不会使游戏博弈有所创新。玩家很容易就学会简单的关联，然后运用最好的策略，解决的办法是动态地改变这种关系。

三向不传递关系另外的问题是它毫无变化的形式，通常每一关都采用相同的样式。从而可以预料出游戏的风格，这会导致游戏令人厌倦。为了使游戏博弈更加有趣，可以变更影子成本，来改变已选择策略的独特性。

3. 交替平衡

两个实体间的关联并不都能在低级和高级之间转化，一个实体可能比其他实体在某些方面表现的更好一些，但在另一方面却不是，普通的改进有时能通过环境的转变获得。比如手枪在陆地上比鱼叉更有效，但是在水中却相反。

在 The Sims 游戏中可以找到很好的交替换位的例子。当玩家赚到钱，选择为他的家庭提高生活环境时，可以选择许多家具物品。有些物品在某些地方会比其他物品好，在另一些地方却比其他物品差。比如说，一张昂贵的床可以改善房间的外观，但是一张相对不太漂亮的床却更加舒适。玩家将决定如何取舍。

这种平衡方法在角色扮演类游戏中非常普遍。比如玩家在创建游戏人物时，需要利用模拟色子滚动的方式给人物的特征分配点数，比如力量、体力和智力的配合等。给人物的特征分配完点数后，玩家通常需要把点数从一个地方移动到另一个地方。

4. 结合

传递关系和不传递关系不需要必须包含单一的实体。也就是说，不需要指定弓箭手必须击败步兵。在一些游戏平衡时，两个以上的实体会当做一个整体看待。比如说，即使一个步兵不足以打败一个弓箭手，可以让步兵和其他兵种联合作战。

作为游戏设计者，不需要把各种可能的实体都明确地包含在游戏中。但需要意识到它们的存在，然后通过修改实体本身平衡个别棘手的实体，可以使用影子成本补偿它们。先前提到《红色警戒》游戏中的坦克冲锋可以通过修改影子成本来避免。在单人游戏中，低级别不接受这种实体，但多人游戏是一种混战状态，平衡问题就涌现出来了。

一般地，如果注意了基本的平衡，游戏方式对游戏的影响就不是重要的问题，如果基础坚固并且平稳，就不会陷入组合带来的困难。

5. 循环平衡

游戏的基本进程是从静态开始，最后动态平衡，然后从一条途径获得平衡，再从另一条途径获得平衡。像秋千一样前后摆动，先一个玩家领先，然后另外一个玩家领先，直到某个玩家最后领先到别人追不上为止。

为了游戏最后圆满结束，玩家需要得到积极的反馈，但不能太过分。许多作战游戏，比如 Warcrat 游戏，不让玩家占领和利用敌人的工厂，只允许玩家摧毁和破坏它们。如果可以使用敌人的工厂制造出军队，游戏很快就会失去平衡。

要使玩家保持实用上的平衡，让游戏更具趣味性，给落后者赶上来的机会。一个游戏如果稍微有一点优势就会导致一个玩家的巨大胜利，就不会具有娱乐性。简单地说，如果在设计中使用积极的循环反馈，就要确保它在实施之前有合理的响应时间。

另外还需要计算一下积极反馈和消极反馈。假设玩家使用敌人的一个棋子，必须要付出代价，这就意味着不能"自由"地使用。比如在《地下城守护者》中，玩家可以通过拷问把敌人转化成自己的人，一旦成功之后，他们必须要玩家提供食物和金钱，还有睡觉的地方。这种转化过程同样需要时间，如果玩家不小心，就有可能会杀死他们。所以这不是一个强有力的优势策略。这是积极的反馈。另一个解决办法是给落后的玩家提供随机因素，仅仅是纯运气因素让他赶上。如果随机因素是直接的，它可能会脱离玩家，但至少它增加了游戏的多样性和不确定性。

10.1.2 动态平衡

分析游戏的动态平衡可以更严格地划分游戏开始、游戏过程和游戏结束这三个阶段。把这作为三个不连续的阶段，对游戏后的分析有好处，但还必须考虑游戏中的整个连续过程。与静态平衡不同，设计人员需要考虑玩家的交互以及玩家和静态平衡系统间的交互。

1. 动态平衡的意义

平衡意味着把系统恢复到平衡位置的行为。这里讨论的游戏平衡围绕着假设游戏是一个需要恢复平衡的系统。在某些方面，平衡的部分是玩家自己，设计人员不需要为玩得好的玩家设置障碍，这样新手就能自己控制，很快感受到游戏的平衡。

平衡游戏的目的是使游戏中心一致、明了，不让那些利用游戏漏洞和缺点的玩家取得优势。另外一个目的就是确保游戏的娱乐性。

游戏系统最初应该是静态平衡，一旦运转起来，就应该维持一种动态平衡。一般玩家可以利用3种交互模式：维护平衡、建立平衡、破坏平衡。

（1）维护平衡类游戏。维护平衡类游戏的目的是保持游戏中现有游戏元素的现状，维持目前的平衡。游戏中的平衡维持得越久，游戏玩的时间越长。一旦游戏中的平衡被打破了，这个游戏就结束了。例如，目前流行的赛车类游戏。玩家通过各种手段维持目前的平衡，也就是说，尽量维持赛车在赛道上正常行驶。一旦赛车被撞毁，这个平衡被打破，游戏也就结束了。也有的游戏可以让玩家恢复原有的平衡，使比赛继续，最终得到一个结果。有许多赛车类游戏属于这一种，撞车以后，可以让玩家回到跑道，继续完成游戏。

（2）建立平衡类游戏。所谓建立平衡类游戏，玩家通过各种手段，在游戏里创造并建立一个新的平衡。游戏平衡建造完成之后，游戏也就结束了。例如，某些经营类游戏。玩家通过控制进货、库存、现金、销售等方面的情况，使经营的范围或实力不断扩大，从而达到一个新的平衡体系。

（3）破坏平衡类游戏。破坏平衡类游戏就是在游戏给玩家初始平衡后，玩家想方设法地对现有的平衡进行破坏，使某些游戏元素消失，从而达到一个新的平衡。例如，格斗类游戏，游戏开始的时候，有两个人进行对打，其目的是将对方打死或击败，使之达到一个新的平衡。

2. 平衡的类型

一款游戏的设计与平衡是分不开的，平衡在一个具体游戏中的表现形式有以下几种。

（1）势均力敌。势均力敌方式是平衡最简单、最直接的方式，属于两种力量的正面冲突。双方都以战胜对手为主要目的。例如，两人摔跤、拔河。

以这种方式达成的平衡，其关键在于双方对抗的力量或实力比较平均（见图10-8）。

图10-8　势均力敌

（2）相对变化。相对变化方式是保持两者之间的相对稳定，就是日常所说的"水涨船高"。当一方变化了，另一方也随之变化。这种方式也可以体现平衡。

保持这种平衡方式的关键在于变化速度的相对稳定。两个同时变化，且变化的量基本一致，其结果就相当于没有变化（见图10-9）。

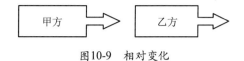

图10-9　相对变化

（3）互相制约。互相制约的平衡方式，不是简单对抗，属于彼此相互协作，并且相互制约，在整个平衡体系中，不能缺少任何一方。缺少任何一方，平衡将不存在。

此类平衡的关键在于各个环节的权限分配，如果某个环节的权限过大，必将脱离整个制约的链条，使其平衡被打破（见图10-10）。

（4）互相协作。互相协作是指某个元素的组成部分，各自分工，负责一部分工作，所有的因素集合在一起，就完成了一个整体的平衡。

此类平衡的关键在于分工的合理性。只有合理的分工，使每个环节都是不可缺少的，才能维持这类平衡的稳定（见图10-11）。

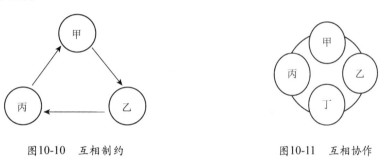

图10-10　互相制约　　　　　　　　　　图10-11　互相协作

10.2　公式设计的系统性

公式的系统性，指的是游戏中公式与公式之间的相互关联程度。在一个游戏中，其机制设计是有若干个体系的。比如，在即时战略类游戏中，一般包括采集系统、制造系统、武器系统等。一般情况下，即时战略游戏都有一个或一个以上的矿产，如《星际争霸》的"水晶"和"气矿"，游戏提供"采矿车"、"农民"等进行矿产收集，并通过"基地"或"冶炼厂"将其转化为可用资源。矿产、采集设备、转换设备构成游戏的采集系统。同时，像"坦克房"、"兵房"等设施，将可用资源转换为武器系统。

在游戏设计中，存在各种系统，各个系统之间的协调和平衡，就是游戏公式的系统性。在一个游戏中，有多个平衡点需要游戏设计人员考虑。

10.2.1　职业系统

在游戏中为了丰富可玩性，游戏设计人员会为角色设计多种职业，玩家可以进行选择，选择不同职业会有不同的技能特点，在一些游戏中这又称为种族。这种情况在网络游戏中最为明显，例如在游戏中可以设计武士和法师等不同职业。不同的职业一定要设计不同的特点，包括优点和缺点，这样才能保证所有的职业角色都有玩家来玩，否则一些没有任何优势的职业就没人选择，这样的职业完全就成了一个报废的职业。假设战士在游戏中厉害过法师，法师在游戏里能赚取的金钱又明显少于战士。试问，会有谁去玩法师？当然，对设计人员来讲，很难保证所有的职业完全平衡，但至少要保证，某些职业存在弱点的时候，同时还拥有别的职业所没有的长处。例如在《曹操传》中的炮车兵种，这个兵种在初期移动力很差，攻击范围也并不理想，作用相对小些，但到了后期，装备了轮子和火炮之后，威力变得强大了。下面是《魔兽世界》中关于属性的设定以及每个职业物理攻击力和重击率的设定。《魔兽世界》中人物基本属性的作用如下：

（1）力量。影响角色的物理攻击力，但不会影响致命一击几率，不会增加档格几率，但会影响档格成功时所扣减的伤害值。

（2）敏捷。增加致命一击几率及闪避几率（对盗贼的效果较大），直接增加防御力。

（3）耐力。影响生命值。

（4）智力。影响法力及魔法攻击的致命一击几率，有机会增强近身技能（不影响商业技能）。

（5）精神。影响生命和法力的回复速度（战斗中及非战斗中）。

《魔兽世界》中各个职业的物理攻击力设定如下：

（1）战士 / 圣骑士：攻击力＝角色等级 ×3 ＋力量 ×2 － 20

（2）猎人 / 盗贼：攻击力＝角色等级 ×2 ＋力量＋敏捷－ 20

（3）萨满：攻击力＝角色等级 ×2 ＋力量 ×2 － 20

（4）德鲁依：攻击力＝力量 ×2 － 20

（5）法师 / 术士 / 牧师：攻击力＝力量－ 10

又比如《魔兽世界》中敏捷对物理攻击重击（crit）几率影响的计算公式：

在不计装备和天赋影响的情况下，重击几率受以下因素影响：重击的基础值和变化值。

在角色的重击几率中，有一部分是不受敏捷影响的（这里称为基础值），另外一部分是受敏捷影响的（这里称为变化值）。

角色重击的计算公式为：（基础值＋变化值 × 角色的敏捷）/ 敏捷标准值

对一般的职业来说，当角色敏捷等于标准值的时候，重击几率为 5%，即基础值＋变化值＝ 5%。变化值越高，表示敏捷对这个职业的影响越大。

敏捷标准值＝敏捷 A/[1 ＋（闪避或重击几率 D 值－ 5%）/ 闪避或重击变化值]

敏捷标准值是与等级和职业相关的一个参数。1 级时一般职业的标准值为 20，盗贼和猎人为 23。60级的时候战士敏捷标准值为 100，即敏捷 100 时，重击几率为 5%。

具体各个职业的基础值和变化值如表 10-1 所示。

表10-1　《魔兽世界》职业重击基础值和变化值

盗贼	重击基础值 0	变化值 10%
猎人	重击基础值 0	变化值 5%
战士	基础值 0	变化值 5%
圣骑士	基础值 0.7%	变化值 4.3%
德鲁依	基础值 0.9%	变化值 4.1%
萨满	基础值 1.7%	变化值 3.3%
术士	基础值 2%	变化值 3%
牧师	基础值 3%	变化值 2%
法师	基础值 3.2%	变化值 1.8%

通过以上两个例子可以看出，战士和圣骑士主要偏向于物理攻击，力量对于这两个职业来说是很重要的属性，敏捷则是猎人和盗贼最重要的属性。法师和术士则主要依靠魔法攻击，智力和精神对于他们来讲是不可缺少的。

10.2.2　技能系统

一般的技能平衡都是指攻击技能，但有的技能属于恢复类或防御类的。为了丰富游戏的情节，游戏设计人员可以设计多种不同的技能，比如不同的剑法、魔法等，当然为了保证情节的发展，同类型的技能可以分为低级、中级、高级等级别。对于同级别不同类型的技能，应该考虑其平衡性，否则玩家会偏向某种技能，使有些技能的设计没有意义。当然，也可以给不同技能设计不同的学习曲线，以保证不同技能的特点，例如某种拳法在低级别没有什么攻击力，一旦达到高级，就是最优秀的技能。有些技能可能直接影响到攻击力和防御力，这些技能将直接影响到角色之间的平衡。这类技能的设计对整个游戏的平衡都有影响。例如在《魔兽世界》中角色的武器技能等级和防御技能等级（见图10-12）。其中攻击技能影响角色重击几率，防御技能影响角色闪避几率。具体来说就是重击/闪避受一个[攻击技能(或防御技能)×0.04－等级/5]%的修正。

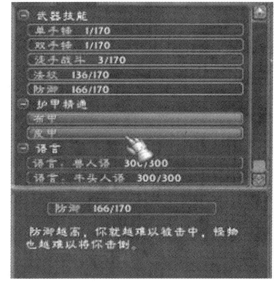

图10-12　《魔兽世界》中的技能系统

角色每提升一级，攻击技能/防御技能上限会增加5级，正好和等级/5抵消，也就是说如果把攻击技能/防御技能修满，重击/闪避几率就不受任何惩罚。如果没有修满，则每差一个等级减少0.04%的重击/闪避几率。反之，如果通过装备把攻击技能/防御技能加的超过上限就会有额外奖励。

例如，一个60级战士，敏捷90，防御技能为330级，那么他的闪避为$0 + 5\% \times 90/100 + (330 \times 0.04 - 60/5)\% = 5.7\%$

10.2.3　道具系统

游戏中会使用各种宝物、药物这样的道具来增添游戏的可玩性。任何物品都是因稀少而珍贵。因此，越是效果好的宝物应该越少，或者出现几率越低，否则就使得游戏变成宝物的大比拼，变得没有意义了。此外，由于不同的职业或者技能与不同类型的宝物相关，因此宝物出现的几率也涉及职业平衡和技能平衡。如《传奇》中，如果法师的骨玉每天爆几十把，战士的裁决一个月还不出一把。从另一个角度来看，就是变相地降低了战士的攻击力。另外，法师的骨玉多了，价格降低，出现用骨玉升级，变相地提升了法师的攻击，同样会引起职业间的不平衡。

10.2.4　升级系统

玩家在游戏中需要不断地提高自己的各项技能，不断地升级。必须统筹考虑级别升级的难易程度，不能让玩家在一定阶段升级过于容易，在另外一个阶段升级又过于困难。如果玩家升级过于容易，可能就过于容易地战胜敌人，游戏的挑战性就减弱了。如果游戏中升级特别困难，玩家就要花过长的时间去练级，使玩家失去耐性。

10.2.5　货币系统

游戏中的虚拟货币在不同的游戏中有不同的作用，一般来讲它们都能用来购买物品以辅助升级，因此如果货币过多、过滥，必然引起级别、职业等平衡性问题。游戏本身是个虚拟社会，货币的力量必然也是有效地影响游戏的其他方面。假设玩家从1级升到10级可以赚取2万，如果法师在这个阶段要耗费1万的药钱，这是允许的。但如果战士在这个阶段要耗费3万，显然就出了问题，对战士职业的升级造成了阻碍。考虑到装备的消耗，战士在这个阶段耗费2万也是不行的，那样他就没办法凑够钱买10级的装备。在正常情况下，玩家在升级过程中所赚取的金钱，必须大于在升级中耗费的金钱＋换装备所需要的金钱。

实际游戏中，可能还要考虑某些物品涨价的情况。

从上面的描述可以看出，游戏中存在多种多样的平衡点，这些平衡点是相互关联的，一些平衡点的设计必然对其他平衡造成影响。游戏设计人员必须详细考虑这些问题。

习　题

1．用一个你熟悉的游戏说明游戏中采用哪几种平衡类型，采用这样的平衡系统对于这款游戏有哪些好处。

2．举例说明在一款你玩过的网络游戏中，哪些数值的设定你认为是不合理的？为什么？你会怎样去设定？

3．为战士、魔法师、盗贼、祭司这四个职业设计基本属性，并对所设计的属性进行详细的说明。

4．为战士、魔法师、盗贼、祭司四个职业设计针对 PK 时的攻击公式、防御公式以及闪躲公式，并详细说明公式设计的思路。

第 11 章

人工智能

主要内容：

    ※ 人工智能的定义和历史

    ※ 游戏中人工智能的应用

    ※ 人工智能的设计工具和应用

    ※ 玩家与AI之间的关系

    ※ 人工智能的文档编写

本章重点：

    ※ 人工智能在游戏中的应用现状

    ※ 人工智能的设计与应用

    ※ 人工智能的文档编写

学习目标：

    ※ 了解人工智能在游戏中的应用现状

    ※ 了解人工智能的设计与应用

    ※ 学会编写人工智能的文档

我们通常所说的"智能"一般包含智力和能力两方面内容。智力一般是在思维领域,通常体现聪不聪明。能力通常是在行动领域,主要体现动手能力。智能在人类生活中起着非常重要的作用。

11.1　人工智能概述

在游戏设计中,游戏规则的制定包含三个部分,其中包括事件主体。一般情况下,事件主体有两类,一类是玩家操控的角色,另一类是非玩家控制的角色。

在游戏设计中,非玩家控制角色的行为规则,一般都是模仿人类或现实中的其他生物进行设计的,人们把这部分规则称作人工智能。

人工智能的应用并不是游戏行业特有的,人工智能是一个非常庞大的研究领域,其应用领域非常广泛。人工智能(Artificial Intelligence,缩写AI),是一门综合了计算机科学、生理学、哲学的交叉学科。人工智能是人类在机器上对智能行为的研究,是人类创造的物体的智能行为。

游戏中人工智能的发展过程

在早期的游戏中是没有AI的说法的,在任天堂8位机上的横卷ACT游戏中,小妖们是固定在某个地点出现的,只要多玩几次就能够预先知道它们将在什么地方出现,何时出现。游戏没有任何AI可言。

人工智能技术真正发扬光大并获得普遍重视,是在FPS和RTS这两种游戏类型出现以后。三维射击游戏使NPC的概念开始盛行。NPC是具有一定自主活动能力,能够评估周围环境和敌我态势,并做出最优判断,不同于玩家控制的游戏角色。

在RTS这种类型的游戏中,在战略层次,由计算机控制的敌方要完成资源创建和管理、生产协调、部队的集结调动等复杂任务,这基本上是个最优化问题;而在战役战术层次,敌方部队又要完成寻径、队形组织、分配个人任务等任务。旧的编程方法显然无法胜任这些纷繁复杂的任务,AI出色地解决了RTS的一些基本问题。

11.2　游戏中的人工智能

人工智能是近几年游戏业的焦点,也最具争议性。争论的焦点就是很多人置疑游戏中使用的各种技术是否真的属于人工智能范畴。现在很多游戏都把这个时髦名词当作卖点,但游戏中实际使用的技术也许并不是那么高妙和玄秘,有些实际上是很"过时"的技术。美国各大学实验室中所做的AI研究和游戏业的实际应用之间相差十万八千里。

11.2.1　人工智能定义的不同标准

学术上对AI的研究,注重的是内部机制。游戏业对AI的应用,则更注重外部表象。如果一个新技术,从内部看技术前卫、十分先进,而玩家在实际游戏中感受不到它和旧技术的区别,这项技术对游戏就是毫无用处的。游戏业AI的指导思想就是用最简单的方法,占用最少的资源,去愚弄玩家,造成假象,让玩家觉得游戏AI水平高超。

从上面的分析可以看出,AI在游戏界的实际应用和在学术上的研究有很大不同。游戏AI目前还没有能力模拟人的思考和行为。对游戏设计师和程序员来说,AI的意义是完全不一样的。对游戏设计师来说,AI是游戏规则的最高层,是游戏规则中最具有挑战性,也是最模糊的部分。对程序员来说,AI是对游戏设计师制定的复杂游戏规则的技术实现。

谈到 AI 在游戏业的应用现状，一般都是谈美国游戏业的 AI 应用现状。有两方面原因：一方面，AI 应用最多的两种类型的游戏 FPS 和 RTS 都是在美国发展起来的，他们对这方面比较有经验、比较有发言权。另一方面，美国游戏业在 AI 技术上公开的交流比较多，比较容易了解业界的情况。

Steven Woodcock 曾连续几年在 GDC（Game Development Conference）上对业界 AI 技术应用现状进行对比，如表 11-1 所示。

表11-1　对业界AI技术应用现状的对比

年　　份	1997	1998	1999	2000
有专门负责AI的程序员的小组在业界的百分比（%）	24	46	46	80
用于AI的CPU资源（%）	5	10	10	25

从上表可以看出，近几年游戏 AI 发展迅猛。1997 年还只有 24% 的制作组里有专职的 AI 程序员，到了 2000 年，约 80% 的制作组有 1 名以上专职的 AI 程序员。CPU 资源也在向 AI 迅速开放。2000 年初，一个专门研究游戏 AI 的教授在卡内基美隆大学演讲时提到游戏中 AI 一般只占 CPU 资源的 15%，2001 年的报告中就已经提高到 25% 了。AI 在每个游戏类型中应用的比例如图 11-1 所示。

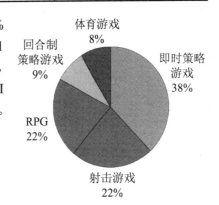

图11-1　人工智能在每个游戏类型中应用的比例

11.2.3　游戏人工智能的设计目的

对于需要增加游戏耐玩性的情况，除了游戏的平衡性，还有另一个方面就是游戏的人工智能。

在不同的游戏中，玩家对 AI 的期待目标是不同的。那些街机游戏，或者是俄罗斯方块，玩家不希望有太多的 AI，用简单的思维就足以为玩家提供足够的挑战性。对于三国这样的策略游戏，玩家要求敌方的将领能聪明一些。在角色扮演游戏中，玩家希望进入类似于现实的虚拟世界，角色的行动也要模仿真人。在模拟人生这样的游戏中，就是游戏本身的 AI，如果 AI 太差，要么游戏太容易，要么和真实世界的差距太大，这个游戏也就不值得一玩了。

因此，玩家在玩不同的游戏的时候对 AI 的需要程度会有不同的期待目标，这些目标只有在游戏的设计目标发生变化的条件下才可能改变。

1．增加玩家的挑战性

向玩家提供一种合理的挑战是电子游戏 AI 的首要目标，如果游戏没有任何挑战性，这个游戏就没有趣味了，或者不能称为游戏，或者变成为一种互动性的电影。

像 Doom 这样的 FPS 游戏，这种挑战性来于敌人数量上和能力上的压倒性优势，玩家只有射中敌人才能杀死敌人，获得最终胜利。有些时候，会发现一些敌我的平衡设计问题，比如在 Doom 中，游戏中自动产生的 NPC 不会躲避子弹，不会设置埋伏，即缺乏智力，系统可以提供数量较多的 NPC，游戏中也定义了一些偏向 NPC 的设计，比如玩家很可能弹尽粮绝，游戏自动产生的 NPC 则不会发生这个问题，在黑暗中的时候，玩家可能很难发现敌人的踪迹，NPC 则和在有光的时候没有什么区别，可以飞行的 NPC 还可以去玩家不能到达的地方，这也算通过能力对基本智力的补偿。这样就使得游戏中敌我双方的实力得到类似的平衡，或者说 NPC 的实力会更强一些，这样可以给玩家更大的挑战。

基本上来讲，Doom 中的 AI 设计水平应该是比较复杂的，但是也不足以让玩家满意，一般来讲，我们也可以把这些包括数量和能力在内的因素，都作为游戏人工智能的因素，毕竟要实现包括躲避、埋伏等真正的人工智能是非常困难的，扩展 NPC 的能力则相对简单得多。

在即时战略游戏中，AI 的设计更为困难。在这种游戏中，玩家和对手都要指挥数量庞大的军队，并在需要的时候继续建造，并需要开采资源以建造建筑或某种防护。这样一来，游戏中的 AI 就需要做和玩家一样的事件，并且像真人操作的一样，这就对 AI 提出了比 FPS 游戏更大的挑战。在这种游戏中，仍然有一种补偿方式以提高计算机的 AI 水平，就是游戏系统能看到玩家不能看到的各个区域，并且可以拥有更大的启动单位，以及可以获得更多的资源库。当然，计算机不能随便给自己添加资源或提升级别，必须按照和玩家一样的方式有组织的工作，如挖掘资源，建造军队等，这样就相对困难一些。

AI 必须为玩家提供一种有趣的挑战，如果没有 AI，游戏就像和小孩子下棋一样没有意思，计算机游戏的 AI 目标就是为玩家提供有意义的挑战。

2．模拟真实世界

电子游戏的 AI 如果设计得过于愚蠢，玩家一定会加以嘲笑。如果游戏中的 NPC 遇到小树或者一块岩石这样的小障碍都无法绕过去，或者 NPC 直接冲向悬崖，这种情况只能使玩家看低这个游戏。对于玩家来讲，不会指望 NPC 非常聪明，但是 AI 应该完成什么样的简单任务是显而易见的，这些事情如果用程序来实现还是比较困难的。为了实现一个优秀的游戏，游戏的 AI 必须完成这些任务。

不同的游戏角色需要不同的 AI，玩家对他们的期待也不同。如果游戏中的角色是人物，玩家就会有比较高的要求，如果角色是一种昆虫，玩家对其智能的要求就低得多了，即使它们进行了笨拙的行为，玩家也不会认为这个游戏非常愚蠢。

可见，AI 的设计目标也决定于游戏希望表达的内容。

3．增加游戏的可玩性

网络对战的 FPS 游戏比起单人模式的 FPS 游戏更为困难，是因为对手是真人，人类的行为会根据当前的状态进行判断并改变，因而具备更大的不可预测性，真人可以选用计算机绝对不会采用的方式战斗。这就是真人是 FPS 游戏中的好对手的部分原因，也是 CS 这样的网络对战游戏流行的原因。

在从《Doom》、《Quake》的新手到高手的某个阶段，玩家通常会阅读以前高手的"游戏攻略"，这些文档中将描述当玩家经过某个门之后，会出现什么样的怪物，玩家应该采取什么样的动作才能迅速的消灭对手。这是带有训练味道的阶段，一旦玩家技巧更为熟练，玩家就不太喜欢这样的东西。因为玩家能知道敌人在哪些时间，将进行什么样的动作，游戏的趣味性就迅速减弱了。

玩家希望游戏的 AI 能给自己带来惊喜，希望游戏 AI 像真人一样具备不可确定的动作，用不可预测的方式击败玩家或被玩家击败。当然，游戏 AI 目前还不可能像真人一样和玩家进行交流，因此还无法代替网络游戏的社会模拟功能和趣味，如果真正实现了这个目标，这种系统应该能够通过图灵测试，这将是人工智能领域的一个大进展。

在所有的艺术形式中，观察者都希望体验到未曾预料的东西，计算机游戏也是这样。

即便玩家能预先得知故事情节，游戏也会给玩家带来惊喜。如果 AI 能使这些东西变得不可预知，游戏的耐玩性就增加了，玩家会一直玩到没有新鲜感为止。游戏的 AI 要始终给玩家以各种各样的惊奇，给玩家以挑战，吸引玩家的兴趣。

胜利的不可预见性在游戏中可以采用多种不同的方式实现。游戏设计人员希望为游戏提供充分的不可预测性。有时候电子游戏的 AI 目标需要偏离一些正常逻辑，如果游戏总是循规蹈矩，与游戏对手作战的乐趣就没有了，在真实世界中，有些时候人也会做出不合情理的决定，这些不合理反映了生活的复杂性，使得生活更为丰富多彩。因此，在游戏中为 NPC 或者怪物设计一些不合理的情节，反而使对手更真实可信。游戏 AI 的不可预测性不能与其他 AI 目标相矛盾，如果为了不可预测性，对手做出一些不可理解的愚蠢事，例如远离战场，这种情况就会让玩家困惑。

模糊逻辑是 AI 设计人员试图保持游戏 AI 主体不可预测性和生动有趣的方式之一，模糊逻辑采用了一种逻辑系统并在其中添加一些随机性。在模糊逻辑中，AI 在给定的条件下，提供几个备选的方案。然后，游戏 AI 用不同的数字表示每种选择的权重，越是重要的选择权重越大，通过产生随机数，从这些备选方案中进行选择。由于存在随机性，这样就使玩家不可能完全判断出 NPC 的动作，使 AI 具备不可预测性。

最后，游戏的 NPC 好像已经执行了一个复杂判断之后采用的结论，玩家不会意识到 NPC 只是按照事情的重要程度随机选择的结果。带有一些随机性的结果使 NPC 显得聪明和狡猾。

4．帮助叙述故事

游戏 AI 可以帮助展开游戏情节，例如在 RPG 游戏中，玩家在浏览城市的时候，可能会发现一旦试图接近居民，这些居民会转身跑开，逃到安全的角落，避免同玩家的接触。为什么会发生这样的事情？玩家需要进一步探索游戏。

在一些提供 NPC 作为玩家控制对象的游戏中，AI 也相当重要。比如在三国这样的策略游戏中，玩家可能有多个不同性格的部下，每个人的特征都可以通过其 AI 特征表现出来，比如每个人的武力值、内政能力以及忠诚程度，当玩家给他们不同的职位或赏赐的时候，他们会根据自己的特点进行回答。因此，玩家必须给他们分派合适的任务，如果赋予他们并不同意的任务，他们可能会背叛玩家。AI 要控制这些情况，这样有助于讲述故事中的各种角色。

游戏设计人员在设计游戏的时候，游戏的故事通常是确定的，设计人员努力使战斗和行动结果尽量生动且不可预测，同时又希望故事的发展和预先设置的一致，因此游戏中的普通 NPC 都用同样的方式对待玩家角色，而不管玩家做了什么样的选择。如果游戏的 AI 设计得好，应该能反映出 NPC 的情绪，例如如果玩家在游戏中对 NPC 做出了不太明智的举动，NPC 就可能改变对玩家的态度，这样的设计在一些游戏中，可能通过名声指数进行评估，给故事增加了更多的情趣，游戏更具可玩性。

5．创造一个逼真的世界

许多游戏中，AI 不只是给玩家提供威胁或挑战，游戏玩家可能根本不会直接接触 AI 本身。游戏需要创造一个虚拟的游戏世界，用游戏中的对象创造的枯燥的游戏世界对玩家来说不能算一个真实存在，如果给这个虚拟世界加入一些 AI 因素，例如小鸟飞过蓝天，昆虫在地上爬行，以及匆匆的上班族，将周边的环境加入到游戏世界中，对玩家来讲，游戏世界就会更真实。真实程度越大，玩家身临其境的感觉就越强烈。

将周边的生活放入游戏世界也能为讲述故事服务，如用游戏中居民的状态来表达游戏面临的恐怖事件。

11.3 人工智能设计

如果电子游戏是一个即兴表演的电影，玩家将成为主要人物或人物组的指挥，游戏中的其他人物由人工智能操纵。作为游戏设计者，指挥那些 AI 控制的人物为玩家提供尽可能的刺激，那些 AI 部分的元素不只是玩家与之斗争的敌手，也可能是与玩家有关的人物角色。设计 AI 是设计游戏的很大一部分。作为人工智能的基础设计，它包含了有限状态设计及模糊状态设计两个部分。

1．有限状态设计

有限状态设计（Finite State Machine, 缩写为 FSM）是游戏业所使用的最古老的也是最普遍的技术，几乎所有的游戏都或多或少的采用了它。正因为其太简单和太古老了，有些人觉得它不应被归类为 AI 技术，说它更像一种通用的程序组织形式和思维方法。这种说法也有一定的道理。但 FSM 确实高效实用，是一切更高级 AI 技术的基础。

简单地说，一个 FSM 就是一个拥有一系列可能状态的实体，其中的一个状态是当前状态。这个实体可以接受外部输入，根据输入和当前状态决定下一步该转换到什么目标状态，转换完成后，目标状态就有了新的当前状态。如此循环往复，实体和外部就这样交互下去，实体的状态不停地改变着。

大到整个软件程序，小到屏幕上的一个按钮，都可以看成是 FSM 实体，FSM 可以表达它们的行为系统，如 Windows 系统的一个标准按钮的行为（见图 11-2）。

图11-2　Windows系统标准按钮

FSM 由状态集、输入 / 反应集和状态转换法则组成。对 Windows 标准按钮的 FSM 来讲，共有 5 个可能状态，其中状态 1 是初始状态，状态 4 和状态 5 是终止状态。其状态转换法则如表 11-2 所示。

表11-2　Windows标准按钮的FSM状态转换法则表

状　态	输　入	反　应	目标状态
1（初始状态）	鼠标光标移到按钮上时按下鼠标按键	显示按钮下陷的图像	2

FSM 是如何应用到游戏中的呢？如三维射击游戏中的 NPC（见图 11-3）。可以把一个 NPC 看成一个 FSM 实体。

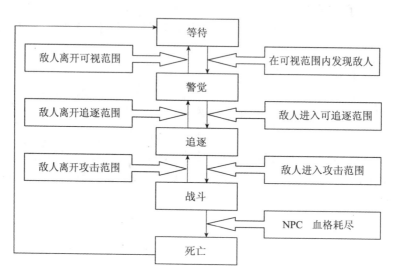

图11-3　FSM在游戏中的应用

图 11-3 所示内容揭示了 FSM 的两点特性：第一，用 FSM 可以明确地表达 NPC 的行为系统，大部分程序员，甚至非程序员都能毫无困难地理解。第二，一旦知道 NPC 的当前状态和输入，就可以判断其反应和目标状态。也就是说，可以准确预测 NPC 下一步的行为。因此，通过 FSM 建立的是一种确定的行为系统，没有任何不确定因素。

目前，大多数游戏的 AI，特别是 FPS 类型的游戏，都是基于 FSM 技术的。游戏中的 FSM 很复杂，NPC 可能有几十个状态，状态转换法则也更严谨，共同构成了 NPC 复杂的行为系统，玩家在和 NPC 对抗时不可等闲视之。在编程时，用 C 语言的分支和循环语句就可实现简单的 FSM。但复杂的 FSM，一般要用 C++ 写一个通用的 FSM 类，然后根据不同的外部数据决定 NPC 的不同行为。也可以将 FSM 以矩阵的方式实现，或将其存储在外部文件中。这样游戏设计师就可以用 FSM 编辑器编辑 NPC 的行为系统，然后将 FSM 存在文件里，由程序自动读取、运行、测试，然后进行修改和调整，无需程序员的介入。

FSM 的优点如下：易于理解，易于编程，易于纠错。如果测试游戏时发现 NPC 行动异常，只要在编译纠错时跟踪其状态变量就可以。采用 FSM 的游戏，NPC 决策速度比较快（因为是确定性的行为系统）。正是由于这些原因，使得 FSM 这种古老的技术，还在游戏 AI 领域老当益壮地挑着大梁。如 Epic Games 开发的《Unreal》系列，Activision 的《Interstate'76》，Valve Software 的《半条命》等都是应用 FSM 技术的成功典范。

2. 模糊状态设计

FSM 只能处理确定性的情况。使用 FSM 建立的 NPC 的行为系统太规范，很容易被玩家识破。是否能把不确定性引入 NPC 的行为系统中，使 NPC 的行为有更多的变化。于是另一种方法应运而生，这就是模糊状态机（Fuzzy State Machine, 缩写为 FuSM）。

FuSM 的基本思想就是在 FSM 基础上引入不确定性。在 FSM 中，只要知道外部输入和当前状态，就可确定目标状态。在 FuSM 中，即使知道了外部输入和当前状态，也无法确定目标状态，而是有几个可能的目标状态。究竟转换到什么状态，则由概率决定。我们从前面所示的 NPC 的警觉状态到追逐状态的转换，改成 FuSM 后，我们可以看到，在 FuSM 中，当 NPC 处于警觉状态时，如果敌人迫近到可驱逐范围内，并不确定 NPC 是否转换到追逐状态还是躲避状态。根据概率，80% 的情况下 NPC 会进入追逐状态，有 20% 的情况 NPC 会躲避。这样，NPC 的行为就复杂多了，游戏性也更丰富了。

可以看出，这个 NPC 是一个比较勇敢的 NPC。它在 80% 的情况下都是勇往直前的，只有 20% 的情况会退缩，只要改变 FuSM 中的概率设定，NPC 就可以拥有不同的行为特征。比如把 80% 和 20% 调换一下，NPC 会成为一个比较胆怯的 NPC。它在 80% 的情况下会躲藏，只有 20% 的情况会迎着敌人上，NPC 行为特征的改变，是在不影响 FuSM 基本结构的条件下，简单地改变其概率设定完成的。Activision 公司的《Call To Power》是大规模使用 FuSM 的典范。游戏中不同文明（种族）之间的差异就是 FuSM 的杰作！

3．可扩展性AI

前面介绍的 FSM 和 FuSM 都是基于规则的 AI（rulebaseAI）。基于规则的 AI 就是事先设计好容易理解的行为规则。游戏中的 NPC 必须遵循这些规则行事。游戏设计师的主要任务就是设计完善的行为规则，调节 FSM 和 FuSM 的各项参数，使得 NPC 的行为不至于太过弱智。但游戏设计师大多编程能力有限，无法直接修改程序。程序员们就为他们设计了一些简单易用的工具，使得他们可以毫无困难地修改 NPC 的行为规则。在早期，大部分这样的工具是以脚本语言工具（Script Language）的形式出现的。它们使用简化的编程语言，只有几个语句和数据类型，相当于一个复杂的编程语言的子集。使用这些工具编制的小程序，被称为脚本（Script）。

可扩展性 AI 的鼻祖是《QUAKE》游戏。它是由 PC 游戏业里最有名的程序员 John Carmack 设计的一种脚本语言工具，随 QUAKEC 游戏一同推出。它实际是 C 语言的一个简化版，是为了编写射击游戏中 NPC 的行为规则量身定做的。使用 QUAKEC，玩家可以设计怪兽的行为规范和战斗策略，也可加入新的武器特性，经过编译，它们可以被游戏采用，这样极大地丰富（延长）了原游戏的生命。玩家并可把它们上传到网上和别的玩家交流。这些用 QUAKEC 设计生成的怪兽统统被称为 bots。很快，各种各样行为各异的 bots 就在网络上风行起来。其他的三维射击游戏也紧紧跟风，推出了各自的肢体语言工具。如《Unreal》和《半条命》。两者之间又有不同：《Unreal》的工具更加简单一些，是基于指令的，输入指令序列和条件就可以了；《半条命》的工具更类似于传统编程工具，如 Perl 和 JavaScript。

以脚本语言工具为代表的可扩展性 AI 技术，其最大局限性是玩家需要有一定的编程能力。而且也不是所有类型的游戏都适用这种技术。提供对脚本语言工具的支持也不是一件简单的事，必须在网上提供详细的接口信息和文档资料，还得提供一定的热线帮助和客户服务功能。这些都需要资金和人力，并不是所有的公司都愿意付出的。

11.3.1　AI编程工具

目前，AI 程序员还处于独自为战的状况，AI 的编程工具（SDK），或者说 AI 引擎的应用还不普遍。近两年有几个公司试图在这方面进行开发，做出商业化的 AI 编程工具供 AI 程序员使用。

法国 MASA 公司的 DirectIA 是一个基于代理技术的 SDK。这套 SDK 可以用来生成自主代理或自主代理群体，使游戏中的角色具有一定的自主学习性和适应性，使它们具有感知能力和反应能力。值得一提的是，DirectIA 使用的不是 FSM 和 FuSM 等基于规则的 AI 技术，而是基于生物和认知科学的相关模型。DirectIA 的另一个附带产品是 DirectIA 嵌入系统。这是个简单化系统，可以集成到硬件上，使用到玩具中，使得这种玩具具有一定的智能性。DirectIA 的功能单一，适用面比较窄，它的主要卖点是其注意学习性。

另外一个很有名的产品就是 Motion Factory 公司的 Motivate。这是一个从机器人技术和实时控制技术研究成果中转化来的 AI SDK。使用这套 SDK，游戏角色的动作不是事先定得死死的动画的回放，而是根据环境和物理法则决定的更加真实的动作。游戏角色的行为不是一堆控制语句，而是一个层次复杂的 FSM 系统。使用这个层次的 FSM 系统，AI 程序员和游戏设计师可以给游戏角色设计负责的行为规则。这个系统还提供了类似于 Java Script 的脚本语言工具。由于价格原因和大多数 AI 程序员的抵制，这套系统没有取得成功。现在 Motion Factory 公司已经停止了开发工作。

总的来看,AI 引擎的开发和推广遇到了不少阻力。但是可以肯定地说,随着游戏越来越复杂,玩家对 AI 的要求越来越苛刻,专业化、高性能 AI 引擎的应用已是大势所趋。

11.3.2 AI技术应用专题

下面介绍两款经典的应用 AI 技术的游戏。

1. 《半条命》中的AI技术应用

作为一款经典的里程碑式的第一人称射击游戏,《半条命》在 AI 上面的设计有很多独到之处,这里重点分析其机器人地形分析技术及小组 AI。

(1)三维射击游戏的地形分析技术。对三维射击游戏来说,AI 是其成功的最重要因素。AI 基本上是在三维射击游戏上发展、壮大的。三维射击游戏的 AI 最主要的体现就是 NPC 是否可以依托不同的地形、地貌和玩家对抗,或者由玩家控制的小组是否能够机智的执行玩家发出的指令,根据地形展开行动。

首先谈谈如何表达一定的地形信息。当关卡设计师设计三维地图时要构建三维迷宫的内部模型,包括各个房间、走廊、大厅等。这些三维模型是以多边形形式存在的。而由这些多边形构成的三维图显然过于复杂,复杂到无法进行地形分析的程度。面对成百上千个多边形,如何高屋建瓴地把握地形信息呢?目前比较常用的一种方法是中继点图(Waypoint Graph)。中继点图是对由多边形构成的三维地图的简化和浓缩。中继点(Waypoint)就是在一条路的中途的休息点。比如从电梯到本关卡 BOSS 所在的控制室的中途,可以有几个地方有补充能量的物品。显然这几个地点对进攻路径和进攻策略都是非常重要的。AI 中的中继点图,则是把这种概念扩展。简单地说,就是在三维迷宫里,在成千上万个多边形中,只找出对于地形地貌最重要的点,然后把这些点连接起来,形成图(Graph)。有了这个图,无论是寻径还是地形分析都会变得简单,如图 11-4 所示。

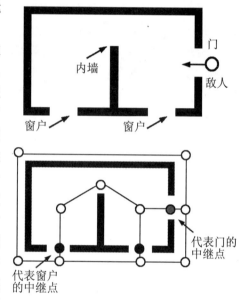

图11-4 AI中的中继点图

可以为中继点选定复杂的数据结构。这样关卡设计师在设计关卡时就可以设定好各种信息。也可以用更多的点精确表达地形、地貌信息,如图 11-5 所示。

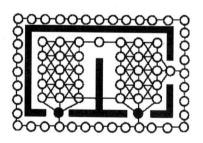

图11-5 AI中的中继点图

确切知道了地图的地形、地貌后,就可以采用一系列办法,根据地形决定战术策略了。可以用很简单的方法,当然也有很繁琐的方法。比如说有人专门研究了个公式,作为一个点是否是好的狙击点的判断标志。数值越高,这个点越好。在游戏中反复试验,修正这个数值,最后得到比较好的方案。

(2)三维射击游戏的小组 AI。所谓小组 AI,指的是一个小组中不同的组员有不同的分工,肩负不同的职责,他们互相配合,共同完成一定的战术动作,达成一定的战术目标。

一般小组 AI 要使用分层结构。这个分层结构由三层组成：策略级、小组级、组员级。在策略级需要做的是确定任务，小组级是确定行动方案，相对应组员级就是命令的执行。

三层结构是一种自顶向下的结构，其优点是决策过程简单，作为组员的个体只要执行命令就可以了。可以通过 C++ 的类实现这种结构。比如可以建立一个小组类（Squad），再建立一个士兵类（Soldier），再分别构造对应任务、行动方案和身份的类。这时候要注意这些类之间的信息传递。一般来说信息传递是通过指针类实现的。在小组 AI 的结构中，既有纵向信息传递（自上向下传达命令），又有横向信息传递（组员之间的传递）。只有很好地表达这两种信息传递，小组 AI 才能灵活多样。

2．《虚拟人生》中采用的面向对象技术

《虚拟人生》（The Sims）是一个在游戏 AI 的发展历程上很重要的游戏。在其推出之前，游戏业对 ALIFE 技术有点失去耐心了，ALIFE 技术太高深，应用起来太困难。《虚拟人生》中最基本的技术思想实际源于面向对象技术。在游戏中所有的物品都是使用基于对象技术构建，也就是说，不仅这个物品的数据结构中有其三维模型和材质图，更包含了其行为准则和使用说明。比如在一台电视机的数据结构中，包含以下信息：如何观看，如何开和关，在何种情况下可以观看，观看时观众的行为举止等。这样游戏世界中所有的物体都是具有自说明和自足性的。游戏公司和玩家可以构建新的物品，并把它们加入到现有的游戏世界中。由于新物品本身带有全部说明资料，游戏世界中的小人物可以毫不困难的使用它，从而使游戏世界中的交互具有无限的可能。

11.4 玩家与AI之间的关系

对于玩家来讲，游戏赋予了游戏 AI 更多不公平的优势，AI 比玩家具备更多的功能。这主要是因为游戏 AI 本身就和游戏主体在一起，AI 可以很容易地确定玩家角色在地图的哪个位置，显然这是最大的不公平。有些 AI 甚至具备一些欺诈行为，在玩家不了解的情况下，给 AI 分配更多的功能。

11.4.1 玩家和AI是否需要同样对待？

在游戏中，玩家和游戏 AI 之间天生处于不平等的地位，因此，AI 程序员的目标仍然是如何使 AI 和玩家保持平衡，AI 程序员希望 AI 能和玩家具备同样的地位，能像一个玩家那样看和了解只有玩家能了解的内容，这样就可以在 AI 和玩家之间产生更公平的冲突，AI 应该和玩家站在同一条起跑线上，通过自己的智慧战胜玩家，从而使游戏更真实，更有趣。

如果将玩家和 AI 放在完全同等的条件下，问题是由于目前游戏 AI 的水平无法对玩家形成挑战，比如一个最差劲的玩家也可能比一个最复杂的 AI 聪明，因此，游戏 AI 控制的 NPC 可能很容易被干掉，不会对游戏产生更多的影响。此外，要提高游戏 AI 的水平，势必需要程序员花费更多的工作在游戏 AI 方面，其结果可能只是游戏 AI 聪明了一点点，游戏的其他部分一团糟。

在游戏领域内，希望将游戏 AI 和玩家放在同一层次上的主要原因还是程序员，程序员希望自己的 AI 设计能够和人一样聪明，他们把更多时间花费在所谓追求公平的复杂运算规则上，希望能使 AI 不使用特别的欺诈就能挑战玩家，结果是这些东西没有办法成为现实。游戏开发人员需要牢记的是，游戏 AI 的目的是支持游戏并增加玩家的经验，而不是作为人工智能技术的试验平台，程序员不应该，也没有必要把这些试验技术应用到游戏中。

11.4.2 是否需要绝对的真实？

如果游戏 NPC 足够聪明，他能够意识到没有机会战胜玩家，他就应该把自己锁在安全的坑道，悄悄

地进行埋伏。这样的做法是在自我保护,无疑是最明智的做法。或者是受伤的游戏 NPC 会从玩家旁边跑开,如果是玩家受伤到一定程度,一定是飞快地逃离战场。这样的结果就使得游戏要么像一个埋伏式比耐心的游戏,要么就是比赛追逐的游戏,两种情况无疑都比较无聊。

如果游戏 AI 足够聪明,在游戏中就不会有玩家胜利的机会。特别对于关底的最大怪兽来讲,这些最大怪兽装备精良,防护能力强,只有有限的漏洞,比如只有从口中射击才能击毙他们,他们如果聪明到紧闭自己嘴巴,玩家根本就没有机会击毙他们。如果玩家没有任何胜利的机会,游戏就没有意思了。

如果游戏的 AI 非常复杂,那必然就是游戏非常难玩,玩家不会认为 AI 聪明。玩家也不会意识到 AI 的内部结构发生了变化,玩家只是简单地认为游戏不好玩。

因此,游戏设计人员绝对不可以过于技术化,不能把游戏 AI 当成学术性的 AI 进行研究。游戏要模仿现实,并不是完全按照现实进行设计,而是要表现一种艺术的真实。

11.5　人工智能的文档编写

在游戏策划文档中,人工智能的编写一般分为三个部分。第一部分主要是 NPC 的行为判定,第二部分是对这个人工智能的基本说明,第三部分是核心部分,就是人工智能的基本规则。

游戏中 NPC 的智能是表现在多个方面的,在文档编写时要说明此部分人工智能是指 NPC 哪方面的智能行为。

例如:

攻击判断。

行为范围。

然后,在这个基础上,要对每个人工智能部分进行说明。

例如:

攻击判断。

说明:

猎物在决定如何开始对角色攻击。

行为范围。

说明:

猎物的行走范围。

最后要编写人工智能最核心的部分,也就是规则部分。

规则:此类猎物只在猎物初始点的 50 个距离内活动。

习　　题

1．简述人工智能在游戏中的应用。

2．谈谈游戏中玩家与 AI 之间的关系。

3．在养成类游戏以及益智类游戏中,分别选一款你认为在 AI 方面最突出的,并加以分析叙述。

4．编写一个完整的人工智能文档。

5．很多人说,游戏中的"AI"不是真正的 AI,和学术领域的 AI 有着很大区别,你对此怎么看,随着玩家对 NPC 智能要求的提高,你认为 AI 在游戏领域内的前景如何?